삶의 모든 순간은 이야기로 남는다

카툰 홍승우 | 에세이 장익준

트로이목마
TROJAN HORSE

차례

❷

❸

미르맨

세상이 아무리 위험해졌다고 해도,
세상이 갑자기 우리를 삼키려 든다고 해도.
우리 같은 보통 사람들은
어떻게든 오늘 하루를 이어갈 뿐이다.

마스크 한 장.
손소독제 한 움큼.
이 작은 방패들에 의지하며
꾸역꾸역 살아간다.
그렇게 오늘 하루를 지켜갈 뿐이다.

1. 비대면

아이들은 / 비대면 수업

안 보이던 게 보이기 시작하네.

저 놈 봐라?

게임중

수업중

마나님은 재택 알바

이럴수록 더 정직하게 수업을 들어야지! 안 보인다고 딴짓하면 돼?

나까지 재택 근무

에휴, 출근하면 이런 것도 안 보고 지냈을텐데……

재택 밀도 급상승

화상 회의

학교 갔으면

응

달달달

이런 거 안 보고 지냈을텐데!

잠복 실패!

3. 재택 좋아

뭐, 사람은 아니지만!

4. 방송 사고

네. 이번 판매 실적 향상을 위한

정겨운! 아빠 방에 함부로 들어가지 말랬잖아!

어휴……

아이디어 중에

!

아~ 일할 때는 쫌!!!

소비자 파악이 잘된 김과장의

……

의견을 ……

마루에 똥 싸고 이리로 튀면 안 잡힐 줄 알아?

김대리
ㅋㅋㅋㅋ

이과장
ㅎㅎㅎㅎㅎㅎ

최대리
BBC급
방송 사고네요. ㅋㅋ

박부장
ㅎㅎㅎㅎㅎ

캡처해놨으니까 필요하면 말해. ㅋㅋㅋ

5. 활미샌드버거

영국의 샌드위치 백작이
카드놀이 시간을 아끼기 위해
간단히 먹을 수 있는 음식을
만든 게 바로 샌드위치.

얼마만에 느껴보는 행복인가.

텁

독일 함부르크 상인들이
몽골 음식 타르타르 스테이크를
모방하여 만든 음식이 햄버거.

의외로 맛있어!

비대면으로 가족들이
모두 재택. 집에 남은
음식을 볶아 놓은 것에

쿵쿵쿵 드드드

남은 빵을 얹어
만든 것이 바로
활미샌드버거.

우지직 다다다 쿠드드

에효……

꾸역꾸역

갑자기 세상이 변하는 때가 있다.
대체로 현실은 생각보다 뒤쳐지곤 하지만
때로는 현실이 상상을 훌쩍 뛰어넘을 때도 있다.
유감스럽게도 그런 변화의 시간은
좋은 소식보다는 나쁜 소식일 때가 많다.

만약 누군가가 예측하기를
내년쯤 열이 많이 나고 기침이 나는 위험한 병이 갑자기 퍼진다고,
그것도 전 세계로 순식간에 퍼져 나갈 것이라고 했다면,
그래서 이전과는 전혀 다른 세상이 될 것이라고 한다면,
지나친 상상이라고 면박을 받았을 것이다.

하지만 이제 우리는 분명히 기억한다.
갑자기 나타난 치명적인 병이 순식간에 퍼져 나갈 수 있다는 것을.
온 세계를 하나로 연결하던 편리한 수단들은
위험한 병이 전 세계로 퍼져 나가는 통로가 되기도 한다는 것을.

갑자기 변해버린 세상에서,
갑자기 위험해진 세상에서,
그래도 우리는 하루하루를 보내며 살아간다.

집을 나서고,
거리를 걷고,
밥을 먹고,
차를 마시고,
사람을 만나던 평범한 일상들이
지나치는 모든 사람을 경계하며
보이지 않는 공포와 맞서야 하는 순간으로 바뀌었지만
그래도 우리는 하루하루를 보내며 지나간다.

사람에겐 그저 오늘이 있을 뿐이다.
어제란 이미 지나가버렸고
내일이란 아직 오지 않았다.
우리 같은 보통 사람들에겐
그저 오늘 하루의 일상이 있을 뿐이다.

세상이 아무리 위험해졌다고 해도,
세상이 갑자기 우리를 삼키려 든다고 해도,
우리 같은 보통 사람들은
어떻게든 오늘 하루를 이어갈 뿐이다.

마스크 한 장.
손소독제 한 움큼.
이 작은 방패들에 의지하며
꾸역꾸역 살아간다.
그렇게 오늘 하루를 지켜갈 뿐이다.

6. 소음

하아~ 개쩐다.

!

에이~ 쯧.

시끄러워 죽겠네.

7. 소음이 무슨 죄가 있어

> 내가 정말 싫어하는 말이 있는데,
>
> 소음은 미워하되 사람은 미워하지 말라는 말이 있어.

> 그런데 솔직히 소음이 무슨 죄가 있어?

> 소음을 내고도 뻔뻔한 XX들이 죄지.
>
> 애가 좀 뛸 수도 있죠.

> 재택해보니까 은근 소음이 들리더라고.
>
> 그거 꽤 스트레스인데.

> 잠깐. 이거 어디서 들은 말 같은데⋯⋯.

'넘버3'에서 최민식 대사야.

8. 다큐미스터리

어? 부부싸움!

미스터리물이라더니 왜 이 모양이야.

구태의연하고 재미도 없고.

헐~. 남편이 바람폈나 봐!

어머머! 그래서?

와. 피아노 실력 많이 늘었네.

어느 집이지? 106호인가? 206호?

와, 긴장감 쩐다! 완전히 새 장르인데?

다큐면서 미스터리야!

다큐미스터리!

9. 가해자

과장님은 피해자시네요. 저는 가해자예요.

아랫집을 거래처라 생각하고 열심히 물건 공급해!

그런데 그게 뜻대로 안 되더라고요.

매트도 깔아보고

땡! 똥?!

올 것이 왔군!

아래층 주인분께 선물도 드려봤지만

매번 받기만 해서…… 이거 잡숴보슈.

아이가 뛸 때마다 얼마나 노심초사하는지…….

나를 행운아로 만들어준 분을

거래처로 생각할 순 없더라고요.

10. 최상위 포식자

우리는 손주 키우면서 결국 이사하게 됐지.

채광 문제

나무가 많아서 좋은데 빛이 안 들어와.

손주들이 마음껏 뛰는 걸 보니 이사하길 잘했다는 생각이 들더라고.

다른 문제

썩을!

그런데 그것도 잠시.

그래서 또 이사했지.

프라이버시 문제

!

꼭대기층

프라이버시 문제없음.

채광 문제 없음.

담배 꽁초 문제없음.

그냥 최상위 포식자로 살기로 했지.

지박령

아이가 어렸을 때여서 일부러 1층을 골라서 이사했었다.
아파트 1층에 살면서 누리게 되는 가장 큰 장점은
아래층을 생각할 필요가 없다는 것이다.
맘대로 뛰어도 뭐라 할 사람은 없다.
실수로 무거운 것을 떨어뜨려도 바닥 걱정만 하면 된다.

예상하지 못한 것이 있었는데
아이가 마음껏 뛰라고 아파트 1층으로 왔는데
1층의 장점을 누릴 만큼 아이가 뛰는 일이 없었다.
이야기의 흐름이나 상황의 변화를 즐기는 쪽이었지
몸으로 그걸 표현하는 쪽은 아니었다.

예상하지 못한 것이 하나 더 있었는데
생각보다 이 집에서 오래 살고 있다는 것이다.
몇 년 살다 이사를 가지 않을까 막연하게 생각했는데
생각만큼 소득이 늘질 않아서
솔직히 말해서 소득이 막연하다 못해 막막한 쪽이어서
앞으로도 한동안은 아파트 1층에 머무를 듯하다.

대부분 그렇지 않을까 싶다.
집이나 직장에 매이게 되는 것 말이다.
이렇게 디디고 저렇게 밟고 저리로 옮겨야지

어떻게든 한 계단 위로 올라가야지 하면서도
돌아보면 여전히 그 자리에 있지들 않을까?
본의 아니게 지박령 신세?
이런저런 대출에 속박되어 있는…….

10년 넘게 살아도 오르지 않던 집값이
최근 갑자기 오르기 시작했다.
수도권에 불어닥쳤던 부동산 열풍의 끝자락에서
잠깐 곁불을 쬔 셈이었는데
다들 아는 것처럼 우리만 오른 것은 아니었고
사실 경기도 끄트머리에 있는 우리 동네는
제일 적게 오른 동네인 셈이라서
상대적인 격차는 더 벌어져 있었다.

그래도 집값이 올랐다는 것을 즐겨볼까 했다.
달라진 것은 없더라도 왠지 재산이 늘어난 것 같으니까.
하지만 기분 내는 것도 잠시였고
집값이 올랐다고 건강보험이 바로 따라 올랐다.

언젠가 이사하겠다는 막연한 희망을 담아
여윳돈이 생길 때마다 모아두자고 만들었으나
자릿수가 잘 늘어나지 않는 막막한 통장에서 돈을 빼서
밀린 건강보험과 국민연금과 기타 등등을 해결했다.
그렇게 지박령 탈출 계획은 다시 계획이 되어버렸다.

11. 갤러그 버즈 프로2

이젠······

이번엔 정말 확실히 종지부를 찍는다!!

도저히······

?

못 참아!!

겨운이는 아무렇지도 않나 봐.

위층 소음 때문에 성적이 안 올라!!

과연 성적 부진이 소음 때문일까

따지자!!!

기술이 층간 소음을 압도한다.

노이즈 캔슬링 이어폰

12. 층간 공사

층간 소음 때문에 죽겠어. 무슨 방법이 없을까?

아파트 바닥을 뜯어보면 가장 아래의 콘크리트 슬래브가 뼈대를 이루고 있어.

슬래브

슬래브 위에는 완충재(차음재)를 보통 30mm 두께로 설치하지.

완충재

완충재 위에는 경량 기포콘크리트가 들어가는데, 열 손실과 바닥 충격을 막는 역할을 해.

기포콘크리트

그 위에는 온수 파이프를 배관한 후 마감 모르타르를 40mm 두께로 깔고

마감 모르타르 / 바닥 마감재

끝으로 마루 등 바닥 마감재를 덮으면 완성이지.

결론은 슬래브 두께를 30mm 이상 두껍게 만들면 층간 소음을 확실히 차단할 수 있어!

어차피 불가능하니 이사 가란 얘기네.

빙고~!

13. 스피커

Noise Trans

강력한 파워로 초당 엄청난 횟수의 진동을 전달합니다.

이젠 천장에 구멍 뚫지 말고 깔끔하게 설치하세요!

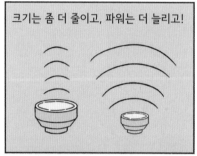

크기는 좀 더 줄이고, 파워는 더 늘리고!

스마트폰, PC, 노트북, 태블릿 등과 쉽게 연동됩니다.

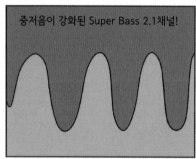

중저음이 강화된 Super Bass 2.1채널!

출시!!!
층간 소음 전용 보복 우퍼 스피커!

설치가 아주 쉽습니다!

살까……?

14. 먹이를 구하러

집에서 자고

집에서 일하고

집에서 놀고

집에서 운동하고

그래도 장은 봐야지.

그럼 먹이를 구하러

떠나볼까?

15. 깨달음

이번엔 진짜 확실히 제압해 버리겠어!!

윗집 사람!

일전에는 미안했습니다. 애들한테 주의를 좀 줬어요. 조심하겠습니다.

애들이 좀 뛸 수도 있지

피해자 입장을 모르시나 본데

내 기에 완전 눌러버렸으!!

그게 아니야.

지 애들 건드린 게 아직도 안 풀렸다 이건가?!

완전 개념이 없구만! 분이 안 풀리는 사람은 나라고!

새로 이사 옴.

세 살, 네 살 사내 둘.

역지사지의 큰 깨달음이 온 거지.

대형마트

대형마트에 가본 지가 얼마나 되었을까?
일주일에 한 번 정도는 들르던 대형마트였지만
지금은 굳이 기억을 떠올려야 할 만큼 소원해졌다.

대형마트에서 파는 물건이 제일 쌌던 때가 있었다.
하나를 사면 하나를 더 주기까지 한다는데,
영수증만 있으면 환불이고 교환이고 바로 해준다는데,
밤 늦게까지 불을 환히 켜고 우리를 기다린다는데,
가지 않을 이유가 없었다.

자본은 자본을 가만두지 않는다.
대형마트가 돈을 번다면 누군가는 그 돈을 노린다.
대형마트보다 더 싸게 팔면서 바로 문 앞에 놓아준다면?
저녁밥 먹고 주문을 했더니 아침밥 먹기 전에 도착해 있다면?
자본과 노동 사이, 자본과 사회 사이는 복잡할 수 있겠지만
일단 우리들은 좀 더 싸고 편한 쪽으로 움직일 수밖에.

사회가 달라지면 사람들도 달라진다.
좀 더 싼 물건을 찾아 대형마트를 가던 사람들이
조금 비싸게 주더라도 가까운 편의점에서 해결하기도 한다.
많이 사서 다 먹지도 못할 거라면
지금 사서 바로 먹을 수 있는 편리함에 돈을 쓰겠다.

때로는 편리함을 사는 것이 누군가에겐 경제적인 것이다.

대형마트의 최저가를 쿠팡과 배민이 가로챘다면
신제품으로 새로운 세상을 전하던 대형마트의 역할은
코스트코와 이케아와 이런저런 프리미엄 아울렛이 가져갔다.
싸게 사는 재미와 구경하는 재미를 빼앗긴 대형마트는
언젠가 대형마트의 공격을 받았던 재래시장이 그랬던 것처럼
이런저런 반격을 시도하고 있지만 미래가 밝아 보이지는 않는다.

집안에만 있어야 했던 시간을 벌집에 비유하고
대형마트로 장보러 가는 것을 꿀벌에 비유한 만화에 대해
대형마트가 아닌 온라인 주문으로 바꿔야 하지 않겠냐는
그런 의견도 있어서 이런저런 생각들이 오고갔다.

결론부터 말하자면 대형마트 장면은 그대로 남게 되었는데
솔직히 대형마트가 장보기를 대표하는가 여부는 자신 없었으나
슬쩍 팔이 네 개가 되더니 꿀벌로 변해 날아간다는
만화적 표현이 살아남았다고 해야겠다.

누군가에게 대형마트는 이미 지나간 유행일 것이다.
누군가에게 대형마트는 아직 요긴한 무엇일 것이다.
대형마트의 수명은 자본과 자본의 대결 속에서 결정되겠지만
눈으로 보고 손으로 만지는 쪽이 익숙한 옛날 사람으로서는
그 결정이 꼭 급하게 날 필요는 없지 싶다.

벚꽃 만개
주차장에

새들 합창
주차장에

바른 주차
귀여운
소형차.

민폐 주차
고가의
포르셰.

후두둑
후두둑

후두둑
후두둑

꽃차되었네.

흐뭇.

똥차되었네.

흐뭇

우연일까 필연일까, 자연의 가르침.

17. 사랑입니다

윙?
종이 상자?

똥을 담는다?!
어쩌려는 거지?

저… 저 개똥녀!
또 안 치우고 가네!!

오, 남의 개똥까지
치워주네. 착한 이웃이야.

택배왔다!!

그럼, 그럼. 택배는 사랑이지.

18. 보는 눈

아~ 참!
길을 모르면
대리를 하지
말든가!!

아, 기사님들
시간이 돈인 것
같아서…….

가는 길에 좀 버려줘요.

쓰레기

수고하셨습니다.

어! 삼만 원인데……

오만 원

대리운전이 뭐
봉다리 핫바지로
보이나…….
다 받아주니까
도저히 안 되겠어.

이 늦은 밤에
내 안식처까지
무사히 데려다주는
사람인데

아이고, 기사양반.
길을 좀 돌아가네.

그럼 처음부터
길을 좀 알려주시지
그랬어요!

고마워서 그래요.

에휴……
나라는 인간.

사람 보는 눈이 이렇게 없냐.

19. 어떤 미팅

형준씨는 어떤 영화 좋아하세요?

어떤 장면이 제일 인상적이었어요?

'백드래프트'라는 영화요.

불법 주차한 자동차 창문을 깨고

호스를 연결하는 장면요.

아, 소방관들의 이야기죠?

속이 다 시원하던데요.

불이 마치 살아 있는 생명체 같더라고요.

그래서?

안 만나려고.

유리창 깨진 차주 걱정하던데?

20. 건드려?

들끓는 분노가!

택배

택배는 복잡한 체계를 갖춘 거대한 산업이지만
우리에겐 동네를 드나드는 택배 기사로 시각화된다.
택배 기사는 촘촘하게 짜여진 택배 네트워크에서
가장 마지막 단계에 고용되어 있는 노동자일 뿐이지만
우리 사회가 택배 산업에 기대하는
모든 요구에 대응해야 하는 책임을 짊어지고 있다.
택배가 제때 오지 않는다면?
우리 동네 택배 기사가 문제라는 식이다.

허브 터미널에서 택배 상하차 일을 해본 경험이 있다.
커다란 트럭이 도착해서 문을 열면
빈틈없이 꽉꽉 들어차 있는 택배 상자들이 있다.
택배 상자를 꺼내어 컨베이어 벨트로 옮겨 놓으면
벨트를 타고 가던 택배 상자들은 도착지를 따라 나눠지고
다시 기다리고 있는 트럭에 택배 상자들을 쌓아 넣으면
다른 허브 터미널이나 도착지에 있는 서브 터미널로 출발한다.

택배 상하차 일을 하면서 가장 놀란 것은
생각보다 많은 양의 택배 상자들이 오가는 것이었다.
커다란 허브 터미널에서 내가 일한 곳은 한 부분에 불과했지만
우리가 쳐냈던 수많은 택배 상자들에다가
곱하기 얼마를 해보면 도대체 이 많은 택배들은

어디에서 왔는지 가늠하기 어려울 정도였다.
게다가 이런 허브 터미널이 여기만 있는 것도 아니니 말이다.

택배가 제때 오지 않는 이유는 여러 가지가 있다.
제일 흔한 것은 실제로는 발송을 하지 않았으면서
일단 발송했다고 등록해버리는 경우다.
허브 터미널이나 서브 터미널에서 시간이 밀렸을 수도 있다.
운송장이 파손되거나 택배 상자가 누락되었을 수도 있다.
하지만 실제 사정이야 어찌 되었건 택배가 늦어진다면?
아무튼 우리 동네 택배 기사가 문제라고 생각할 것이다.

퇴근이 좀 늦은 날에 동네에 있는 택배 트럭을 볼 때가 있다.
택배 트럭들은 시간을 아끼느라 짐칸을 열어 놓곤 하니까
지나가며 남아 있는 택배 상자들이 보일 때가 있다.
밤 아홉 시가 넘은 시간인데도 상자들이 제법 남은 것을 볼 때면
언제쯤 마칠 수 있을까 생각이 들다가도
막상 내가 받아야 할 택배라도 있는 날이면
왜 빨리 안 오나 조바심이 나는 것은 어쩔 수 없다.

우리는 택배의 모든 책임을 택배 기사에게 돌리면서도
정작 택배 기사의 처우를 말하면 시스템을 탓하고 자본을 탓한다.
우리의 편리는 누군가의 수고를 필요로 한다.
정당한 대가를 지불했건 그렇지 않건 간에
누군가의 수고가 있어야만 굴러간다는 사실 자체는 변하지 않는다.

21. 꿀콜

하루 종일 배달 업무용 앱을 들여다본다.

이렇게 콜을 잡기 위해 앱을 보는 시간은 근무시간으로 인정되지 않는다.

주문을 재빨리 선택하지 않으면 다른 사람이 가져가기 때문.

아! 놓쳤네!

가장 높은 금액을 부르는 곳. 가장 다녀오기 좋은 곳을 알리는 꿀콜.

다녀오기 편하거나 동선이 겹치는 콜을 잡기 위해

앗싸! 꿀콜 득템!

뭐랄까…… 이 기분은 마치

주행 중에도 앱에서 눈을 떼기 어렵다.

힐끗 힐끗 힐끗 부앙

잭팟!

JACKPOT
7 7 7

카지노의 그것과 견줄 만하다.

22. 신기한 문 손잡이

수요일에는 주차하지 말아주세요. 이곳은 재활용 쓰레기 버리는 공간입니다.

윙~

신기하네.

차주님. 죄송하지만 차 좀 빼주세요.

여분키 있잖아요~.

오전 11시

자는데 깨우고 지렁이야!

경비 오래하셨다면서 그것도 몰라요? 신차 공부 좀 하세요! 척하면 척 알아서 해야지~.

문 손잡이가 들어가 있더라고요.

아참! 키 가지고 접근하면 튀어 나와요~!

요즘 그 양반이랑 차가 안 보이네.

그러게. 뭔 일 있나?

경비가 그것도 몰라~?

전기 공급이 끊기니까 문 손잡이가 안 열려!

내차!!!

화르르

가서 도끼 가져와!

유턴하라.

24. 교육중

요즘 견주 교육중이라서…….

25. 맡은 바에 충실

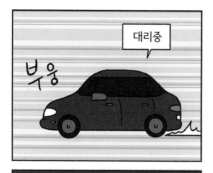

맡은 바에 충실하게 짜증중.

부업

부업을 찾고 있다.
왜냐고?
본업으로는 부족하니 말이다.
갈수록 부족해지니 뭔가로 채워야 한다.

자전거 타는 것과 비슷하다.
넘어지지 않으려면 계속 바퀴를 굴려야 한다.
그런데 요즘은 자전거 하나로는 곤란하다.
그게 문제다.

요즘은 남들이 어떻게 사는지를 훤히 들여다볼 수 있다.
정확하게는 남들이 보여주고 싶어서 올린 동영상을 보는 거지만
어쨌든 예전이라면 전혀 연결점이 없어
몇 다리 건너 전해 듣지도 못할 사람의 삶을
바로 옆에서 지켜본다.

그렇게 직업 탐구를 하고 있다.
누군가의 하루를 지켜보면서 말이다.
물론 10분 안팎으로 편집된 하루지만 말이다.
얼마를 번다는 얘기에 귀를 기울인다.
당연히 그 말을 다 믿을 수는 없겠지만 말이다.

어제는 마룻바닥 뜯는 일을 구경했다.
바닥을 뜯어내는 기계가 필요한가 보다.
기계는 생각보다 무거웠고, 무거운 만큼 비쌌다.
그저께는 도배를 구경했고, 언젠가는 타일을 구경했지만,
목 디스크가 있는 나라면 버는 것보다 병원비가 더 나올지도?

요즘은 청소를 눈여겨보고 있다.
방문 세차, 에어컨 청소, 매트리스 세탁……
그러다 길을 잃고 정신을 차려 보니
막힌 하수구 뚫는 영상에 중독되어 있었다.
세상 좋아졌다 같은 아재 말투는 쓰고 싶지 않았지만
내시경 카메라로 막힌 곳을 봐 가며 뚫는 모습을 보니
세상 좋아졌다는 소리를 하지 않을 수 없다.

오늘도 마땅한 부업을 찾지는 못했지만
싱크대에 기름기를 마구 버리다 보면
떡이 되어 막힐 수 있다는 생활의 지혜를 얻었다.

26. 외길 인생

대리운전에다

택배까지

외길 인생 회사원

회사에선 비실비실 동과장

하루 종일 쌩쌩한 정보통

눈 충혈에도 밤샘 채굴

어이~ 중생들~!

회사에선 비몽사몽 허대리

나… 그냥 이렇게 살아도 되는 걸까?

27. 상상해버렸어

24년 동안 얼마나 많은 추억이 쌓였을까.

그 아이, 몇 살이에요?

토리도 늙겠지. 언젠간 토리와도 헤어질 순간이 올······

24년 살았수다!

24살?

!

눈도 멀고 관절염이 심해서 걷지도 못한다우.

그래도 대단하네요. 24살이라니.

젠장! 그날을 상상해버렸어!

울먹 울먹

이래선 안 돼. 현실의 토리에 충실하자!

그러니까 하트 펭귄 뭐냐고~??!!

29. 여보 진정해

잘못 보낸거야.

내가 애 기 살려주려고 이를 악물고 일하고 있는데 왜 자꾸 그래?!

누가 애 기죽이재? 가능성 있는 쪽으로 진로를 보자는 거지!

그럼 뭘 보내려던 건데?

분노 이모티콘

애가 자신 있다잖아!!

너 진짜 자신 있어?

애가 성적도 떨어지고 그림도 몇 년은 그려야 실력이 될텐데

반년만 연습해서 어떻게 미대를 간다고……!

아니.

여보, 진정해! 왜 애 기를 죽여?

기를 죽이는 게 아니라 현실적으로 보자는 거지!

그럼 왜 미대를 가냐? 자신 있는 쪽으로 가야지! 아우~ 확 그냥!!

여보! 진정해!!

미술이란 거……

자신감만으로 해야 하는 건 아니잖아.

30. 미쳐버리겠네

정말 미쳐버리겠네!

누군 아닌 줄 알아? 내가 더 미쳐버리겠다고!!

나도 미쳐버릴 것 같다고!

그만 좀 해!

//띠딩 띵동

엄마가 걱정하는 이유도 알고 아빠가 나 때문에 고생하시는 것도 다 알아! 미안하고 고맙고 그렇다고!

이만오천 원 입니다.

그런데 실력은 안 늘고 미술 공부 때문에 내신은 떨어지고…… 다 나 때문인 것 같은 생각이 들어!

이 와중에 또……

너무 맛있어서 미쳐버리겠네!!

늙은 강아지

동물병원에서 열다섯 살 먹었다는 늙은 강아지를 보았다.
늙은 강아지라니 모순된 것 같지만
15년을 주인과 함께한 그 강아지는 몸이 늙었을 뿐
마음은 여전히 어린 강아지였다.
그러니까 몸이 늙은 마음 어린 강아지.

우리도 그렇고
이 세상을 스쳐 지나가는 모든 생명이 그렇듯이
몸에 새겨지는 시간은 제법 정직하다.
마음은 아직 어린 강아지더라도 늙은 몸은 늙은 몸이다.
뿌옇게 흐려진 눈, 윤기를 잃은 털,
어딘가 불편한 걸음이 그랬다.

주인은 수의사에게 혼나고 있었다.
수술을 해야 하는데 체중이 줄지 않아서
간 수치가 나빠 마취가 어렵다는 사정이었다.
주인은 다이어트 사료만 먹이고 있고
간식은 조금만 주고 있으며
산책도 꾸준히 하고 있는데
왜 체중이 줄지 않는지 모르겠다고 하소연이다.
수의사는 좀 굶겨도 되니까 사료를 과감하게 줄이고
간식은 조금만이 아니라 아예 주지 말라 등등 단호했다.

늙은 강아지는 어느새 주인에게 다가와
몸을 비버내며 빨리 나가자고 보챈다.

강아지와 인간의 시간이 다르게 흐르는 것도 있겠지만
우리 몸에 시간이 새겨지는 것은 그럭저럭 넘어가다가도
내 어린 강아지가 늙은 강아지가 되어가는 작은 신호에는
뭔가 큰일이 난 것처럼 마음 한구석이 아려오면서
새삼 생로병사의 비밀이 원망스러운 것이다.

그날 저녁 동네에서 늙은 강아지를 만났다.
다음 날 저녁에도 같은 시간에 늙은 강아지가 있었다.
늙은 강아지의 주인이 한 말은 사실이었다.
늙은 강아지와 주인은 매일 꾸준히 산책하고 있었다.
비록 어린 마음을 늙은 몸이 따라주지 못해서
어딘가 불편한 걸음에 자주 쉬어야 했었지만
늘 그 시간이면 어김없이 걷고 있었다.

늙은 강아지의 주인이 한 말 중에 사실이 아닌 것도 있었다.
기운 내라고 간식 조금만 주고 있다고 했지만
솔직히 조금만...은 아니었다.
(물론 주인의 눈에는 조금만이었을 수 있다고는 생각한다.)
어쨌든 간식을 '조금만' 먹은 늙고 어린 강아지는
다시 주인과 함께 산책길을 이어갔다.
이렇게 또 하루를 이어간다.

우리 모두는 시간을 따라 흘러간다.
언젠가 아이로 시작했던 것처럼
언젠가는 노인이 될 것이다.

하지만 대부분의 우리들은
자신의 시간에 대해서는 좀 관대하기 마련이다.
오랜만에 만난 친구의 세월은 눈에 확 들어오지만
매일 거울에서 보는 나의 세월에는 후한 편이다.

어쩌면 자기 보호 본능일지도 모르겠다.
자신이 늙어간다는 것을 매번 느끼는 것보다는
어느 시점에서 세월을 잠시 멈춰두는 것도
하루하루 힘을 내어 꾸역꾸역 살아가는 데에는
나름 도움이 되지 않을까 싶다.

31. 대형 작가

혜지야, 미안. 아빠가 너무 흥분해서.

괜찮아.

앨범에 사진 있는데 못 봤어?

응, 못 봤어.

아빠, 할아버지도 화가셨다면서?

응? 응…….

자기 그림 앞에서 유명 배우와 사진도 찍으셨는데!

헐. 대박!

큰 그림을 자주 그리셨지.

와~ 대형 작가 셨나보네!

응. 뭐…….

야~ 그림이 진짜 유니크했네.

32. 아빠의 아빠

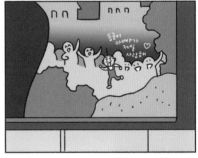

아빠의 정말 좋은 아빠셨지.

아빠, 여분 헬멧 있으면 며칠만 좀 빌려주면 안 돼?

헬멧?

내일 저녁 때 집에 와 달래. 엄마 아빠한테 자기 실력을 평가받고 싶어하는 것 같아.

수채화 연습 하려고. 금속 재질 표현이 어렵더라고.

!

나한테도 가죽 표현 공부한다면서 핸드백을 빌려 달라던데.

이제 보니 너 할아버지 닮았구나.

안전운전
아빠 화이팅

혜지가 아주 열심이야. 방안에 틀어박혀 그림만 그려. 마음 단단히 먹었나 봐.

그래……
대학이 뭐 그리 소중하다고.

하나뿐인 딸
엄마 사랑해 ♥

이미 내 딸은 완성됐는데.

34. 벽화

이 벽을 그림으로 채워주시면 됩니다.

원피스 뭐?

주인공이 이렇게 생겼어요.

도라에몽!

이건 뽀로로!

할아버지! 원피스 루피 그려주세요! 뽀로로! 도라에몽!

할아버지 자원봉사 하시는데 귀찮게 굴지 말거라.

놔두세요. 애들이 알아서 갈 겁니다.

정말 애들이 갔네요.

네.

세대 차이를 견뎌 내는 아이들은 없거든요.

할아버지 자원봉사 하시는 데 가봐도 돼요?

나야 좋지.

와! 벽화 그림!

어서 오너라.

혜지가 꼼꼼하구나. 구석까지 저렇게 신경을 쓰는 걸 보면.

저도 도울게요.

그럼 이곳을 칠하도록 해.

할아버지 사랑해요

혜지 올림

녀석. 감히 내 흉내를 내다니.

손녀가 이 핼애비를 쏙 빼닮았어.

Essay 7.
극장 간판

확실한 것은 영화 제목밖에 없었다.
만약 얼굴을 아는 배우의 이름이 적혀 있을 때는
누가 누구인지 한참을 들여다보아야 할 때도 있었다.
손으로 극장 간판을 그리던 시절에는
박력 있는 구도나 실감 나는 묘사 같은 것들을 따지기 전에
얼마나 닮게 그렸는지가 중요했다.

지금이야 컴퓨터로 작업한 이미지를
대형 현수막으로 출력해서 걸어버리면 그만이지만
그때는 극장마다 커다란 간판에 그림을 그려 영화를 알렸다.
요즘이야 사방에 영화에 대한 정보가 넘쳐나지만
그때는 극장에 걸려 있는 커다란 그림을 보거나
주말이 다가오면 신문에 등장하던 영화 광고를 보고
어느 극장에 갈 것인지를 결정하곤 했다.

극장 간판이 중요하던 때였지만
크고 작은 극장들이 많다 보니
동네로 올수록, 작은 극장이 될수록
그림이 좀 그래지는 것은 어쩔 수 없었다.
이름이 적힌 것을 봐야 누군지 알아볼 수 있었고
그나마 이름이 중요하지 않은 등장인물들은
대충 얼굴 윤곽만으로 존재하곤 했다.

인젠가 극장 간판을 그리는 과정을 보게 되었다.
이름은 '미술실'이라 붙어 있었지만
문을 열고 들어서니 무슨 공사장 같은 분위기에
시너와 페인트 냄새가 가득 차 있었다.
평생 극장 간판을 그려온 나이 지긋하신 부장님께서
(극장에서 부르는 호칭이 미술부장님이었다.)
영화 스틸 컷을 붙여 놓고 막 스케치를 하고 계셨다.

예전에는 네다섯 명이 팀을 이뤄 작업을 했다는데
극장 간판 자체가 사라져가는 일이라
할 줄 아는 사람도 줄어들고 새로 하겠다는 사람도 없어서
스케치부터 채색까지 모든 것이 다 부장님 몫이었다.
걸려 있던 간판을 내려 그 위에 밑칠을 해서 하얗게 만든다.
연필로 쓱쓱 스케치를 하고는 페인트로 색을 입혀 나간다.
지난번 영화 그림에서 비슷한 장면들은 남겨두었다가
약간의 덧칠로 재활용을 하는 요령도 보여주셨고
남아 있는 페인트 색에 맞춰서 그림을 바꾸는 묘기도 보여주셨다.

그것도 이젠 옛날 얘기다.
커다랗게 페인트로 그리는 극장 간판은 이미 사라진 풍경이다.
자신의 그림을 쌈마이('삼류'라는 뜻의 은어)라 부르면서도
배우를 그릴 때는 눈빛이 중요하다고 강조하시던
그때 그 미술부장님은 지금도 어딘가에서 그림을 그리고 계실까?

너희들한테 부담 주는 거 싫어서……. 거기가 나을 것 같아.

할머니 방에 요양원 광고지가 왜 이렇게 많지?

할머니가 그런다고 우리가 좋아할 것 같아?! 할머니 도대체 왜 그래?

우리에게 부담 주기 싫어서 따로 사시려는 것 아냐?

!

진짜 너무해! 요양원을 갈 생각을 하다니!

할머니. 도대체 왜 그래? 우리랑 상의도 없이! 이게 뭐야?

아유. 알았어, 알았어. 거기 알바가 짭짤해서 알아봤더만. 지랄은……!

그럼 다른 데 알아봐야지 뭐

할, 할머니. 잠깐만.

37. 너무 좋아

엄마, 여기 요양원 지내보시니까 어떠세요?

너무 좋아~.

미술치료, 다도 교실, 서예 교실, 웃음치료

직원 교육도 잘 되어 있어서 다들 친절하고

맷돌체조, 요리 교실, 발마사지, 미용, 노래 교실~ 즐길 거리도 많아.

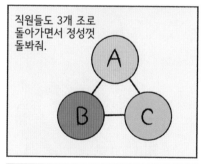

직원들도 3개 조로 돌아가면서 정성껏 돌봐줘.

여기 너무 좋아! 그러니 걱정 안 해도 돼!

운동시켜주는 물리치료사도 있고

아이들이 우리 걱정을 하느니, 차라리 가족 못 보는 외로움이 낫지. 그렇지 않수?

암~ 그렇지.

재산 다 정리하고 나도 들어왔어.

애들이 이 양반을 어떻게 감당해! 나는 그 꼴 못 봐.

바깥양반 혼자 요양원에 두는 것도 맘에 걸리고

여보! 나보다 꼭 먼저 죽어야 돼! 알았지?

응.

나 챙겨준다면서 애들이 신경 쓰게 만드는 것도 싫어서.

그런 의미로 파이팅!

파이팅!

그리고 이 양반보다 내가 먼저 죽어봐.

파이팅이 이런 데 쓰일 줄이야.

39. 키오스크

배고파서 햄버거 좀 먹으려고 왔더만

기계로 주문해야 돼?

IC칩이 아래를 향하도록 카드를 넣어 주세요.

구녕이 어디야?!

글씨가 뵈지도 않아!

이제 어떻게 해야 되유?

자기 번호가 뜨면 오세요.

흐미? 이게 뭐야. 내가 뭘 누른 거야?

내가 원한 메뉴가 아니야……

새우버거

불고기… 불고기…

불고기가 왜 안 보여!

최저 임금을 올리느니 키오스크 구입하는 게 ……

야이……

업주

노인들 생각 않는 키오새키야~!

40. 몸만 늙었을 뿐

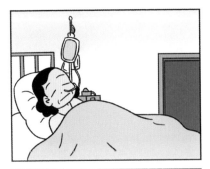

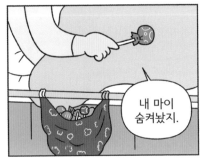

내 마이 숨켜놨지.

엄마. 저 왔어요.

어여 와, 딸.

니 주려고~. 다른 아가들한테는 말하지 말아라.

와~ 맛있겠다!

애기 왔니.

네, 식사 하셔야죠.

98세 엄마

74세 딸

62세 직원

감사합니다!

거기 가만 있어봐.

친구들이랑 싸우면 안 돼~!

그럼요.

그때에 머물러 있다는 게

때로는 참 좋은 거구나.

요양원

우리 모두는 시간을 따라 흘러간다.
언젠가 아이로 시작했던 것처럼
언젠가는 노인이 될 것이다.

하지만 대부분의 우리들은
자신의 시간에 대해서는 좀 관대하기 마련이다.
오랜만에 만난 친구의 세월은 눈에 확 들어오지만
매일 거울에서 보는 나의 세월에는 후한 편이다.

어쩌면 자기 보호 본능일지도 모르겠다.
자신이 늙어간다는 것을 매번 느끼는 것보다는
어느 시점에서 세월을 잠시 멈춰두는 것도
하루하루 힘을 내어 꾸역꾸역 살아가는 데에는
나름 도움이 되지 않을까 싶다.

그렇지만 언젠가는 멈춰두었던 세월이
훅 하고 다가오는 것이다.
누구는 노안을 맞이하며 느낄 것이다.
누구는 예전 같지 않은 관절이 깨우쳐줄 것이다.
누구는 은퇴나 환갑 같은 이벤트로 맞이하게 될 것이다.
그렇게 결국 우리는 노인이 된 자신을 마주하게 될 것이다.

지인의 부친상에 조문을 갔다가 요양원 이야기를 들었다.
치매로 오랜 기간 투병을 하셨다고 들었는데
이런저런 서로의 경험을 나누다 보니
그동안 몰랐던 양로원, 요양원, 요양병원의 차이도 알게 되었고
장기요양보험의 등급 판정에 대해서도 귀동냥을 하게 되었다.

요양원 이야기를 듣고 나니 요양원이 보이기 시작했다.
이미 우리 동네 곳곳에는 수많은 요양원들이 있었다.
늘 걸어 다니던 길 주변에 있는 상가에는
1층에는 식당이 있고, 2층에는 병원이 있는데,
3층과 4층에는 요양원이 자리 잡고 있었다.

어르신 유치원이라는 곳도 있었다.
집에 계신 노인을 모셔와서 낮 동안 돌봄을 하고
저녁에 다시 집으로 모셔다드린다고 했다.
데이케어센터라고 쓰인 승합차가 도착해서는
조심스럽게 어르신들을 내려놓고 있었다.

요양원들이 갑자기 생겨난 것은 아닐 것이다.
데이케어센터 승합차도 매일 그 길을 다녔을 것이다.
다만 내 마음속에 요양원의 자리가 들어서자
비로소 수많은 요양원들이 보이기 시작했다.
요양원과 이어질 미래를 생각해봤다.
서둘러 알고 싶지는 않지만
너무 늦기 전에 알아두어야 하겠다.
언젠가는 멈춰두었던 세월이 밀려올 테니 말이다.

41. 아이언할망구

내가 지팡이 쓰기엔 아직 젊잖아?

딸내미 때문에 어쩔 수 없이 EX와이프 만나는데

자네 와이프는 어때?

같은 상황인데도 예전엔 못 느꼈던 걸 느끼곤 해. 왜 이제서야 좋은 얘기로 들리는지…….

우리 와이프는 '좋은 얘기'를 자주 해줘.

오~

류시화의 《지금 알고 있는 걸 그때도 알았더라면》 같은 건가?

뭐 그런 셈.

덕분에 많이 깨닫고 살지.

사모님 멋지네요

멘토구먼

뭐 이미 이혼하고 너무 늦었지만…….

'좋게' 얘기할 때 잘 들어… 쫌!

빠바득

43. 인공지능을 다루다

허어~!

자넨 못 다루지?

카드를 아래 구멍에……

저 할멈, 기계 다루는 것 좀 봐.

메뉴를 선택하세요.

기가 막히네.

다뤘으면 지금 나는 카이스트 할배지!

ㅋㅋ

저게 늙은이들은 엄두도 못 내는 인공지능이잖아!

세트를 선택하세요.

됐어요, 할머니. 영수증 나왔죠?

응. 나왔어.

그 다음은……

인공지능 알아?

토핑을 추가할 수 있어요.

말하는 기계잖여.

햄버거 먹기 드럽게 힘드네. 다미 아니었으면 어쩔 뻔했어.

접 접

오오~, 할크러시!

44. 백태클

운전해보니 어때?

때로는 뭐 거의

지뢰밭 수비~!

수비가 무쟈게 많아!

수비?

그래도 내가 누구야.
베스트 공격수 아니야?!

깔끔한
후방주차

길목 막는 수비!

뭐 옐로카드
수많은
수비들을 뚫고

집앞까지
도착했다
이거지!

충돌 유발 수비!

아이고매!!

젠장! 골문 앞에서 백태클! 이건 레드카드여!

45. 너라고 부를게

다섯 살 연상인 그녀가 이렇게 얘기하더라고요.

너… 나 감당할 수 있겠어?

그 노래가 정말 명곡인 이유는 따로 있어요.

누나. 그건 나한테 감당이 아니라 그냥 운명이야!

누난 내 여자니까!

나 직장 그만두려고. 너… 감당할 수 있지?

!

너는 내 여자니까!

너~라고 부를게~ 뭐라고 하~든 상관없어요~

야! 너 제정신이야? 지금 가뜩이나 쪼들리는데……!

너~라고 부를게~ 뭐라고 하~든 상관없어요~

넥~

너

넥~

그렇게 결혼하게 됐어요. 지금은 '소연씨' 하고 호칭을 부르지만요.

완전히 이승기 노래 가사네.

시간이 흘러도 어쩌면 이렇게 가사가 공감되는지.

시대를 초월한 가사 같아요.

지팡이

언제부터인가 아버지께서 지팡이를 짚고 다니신다.
언제부터인지 정확하게 기억이 나지는 않지만 말이다.
요즘 아버지를 뵐 때면 지팡이 짚으신 모습이
어색하지 않게 다가온다.

언제부터인가 부모님 나이를 생각하지 않으려 한다.
대화를 하다가 부모님 나이를 떠올려야 할 때가 있으면
부모님 나이를 계산해보고는 생각보다 많은 숫자에
깜짝 놀랄 때가 있다.

아버지는 크게 몸이 불편하신 곳은 없으시지만
연세가 있으시다 보니 거동이 편치는 않으시다.
지팡이를 짚고 걸으실 때 어딘가 불안한 마음이 든다.
조금 걸으시다가 숨이 차다 하실 때도 잦다.

어머니는 아직도 지팡이를 멀리하시려 한다.
무릎 통증으로 고생한 지가 오래되셨는데도 말이다.
무릎 관절이 소모되면 뼈와 뼈가 부딪히는 통증이 있다.
걸음을 디딜 때마다 너무 아파하셔서 지팡이를 권할라치면
아직은 지팡이는 싫다고 마다하신다.

부모님께 지팡이를 선물했다가
낭패를 보았다는 이야기를 들은 적이 있다.
도움이 될 것이라 생각하고 선물을 해드렸는데
오히려 역정을 내셔서 곤란했다고 한다.
아마도 지팡이에 의지해서 걷는 모습을
남들에게 보이는 것 자체가 불편하고 싫으신 듯하다.
우리 어머니가 그러신 것처럼 말이다.

오랜만에 부모님을 모시고 외식을 했다.
아버지는 지팡이를 짚고 조금 움직이시다가
숨이 차다 하시며 차로 갔으면 하셨다.
어머니는 그런 아버지에게
평소에 운동을 안 해서 그렇다고 면박을 주셨지만
여전히 걸음을 내디딜 때마다
무릎에서 오는 통증으로 힘들어하셨다.

아버지는 지팡이에 의지하며,
어머니는 지팡이를 거부하며,
나름의 방식으로 세월과 맞서고 계셨다.
이제는 나도 어른이다.
그것도 나름 나이를 먹은 어른이어서
그런 아버지와 어머니를 돌봐야 하겠지만
지팡이에 의지하는 아버지와
지팡이를 거부하는 어머니 앞에서조차
여전히 아이가 되어버리고 만다.

결혼할 땐 내가 연상이라서 책임감이 덜해 좋다느니

한번 네 남편 데리고 나와! 내가 제대로 된 가르침을 줄 테니!

......

영원히 나의 누나가 되어 달라고 하더니

니가 왜 내 남편을 가르치니?

가르치더라도 내가 해야지.

수틀리면 야! 너! 그러면서 막 대하더라고. 어이가 없어서!

너 지금 내 남편 무시하는 것 같은데......

그건 아니지~!

결혼해도 누나는 누나지! 버릇없게!

뭘 어쩌라는 거야~? 편들어 줬더니! 지지배가!

덕분에 저 부부 관계 개선될 것 같다, 얘.

47. 말을 했으면 좋겠다

단비가 말을 했으면 좋겠다.

20년 가까이 우리에게 기쁨을 주던 아이에게 온 가장 큰 시련.

아이는 어느새 18세 할아버지.

위험을 감수해야 하는 고비용의 수술인가,

안전한 삶을 살지만 두 다리는 못 쓰며 살아야 하는가.

어? 단비야!

질질

단비라면 어떤 선택을 할까?

많이 노화한 상태라 위험을 감수하고 수술을 해야 합니다.

단비야, 어떻게 해야 하니.

말 좀 해줘!

48. 사안타클로스

그래도 우리는 나이에 비해 괜찮은 편이지?

암. 글치.

잘 때 몰래 들어와서는

내가 죽을 때도 우리 손주들 고생시키지 않고

꺼윽. 잘 먹었다.

베스트 프레젠트를 주는

자다가 그냥 한순간에 팍 가버렸음 좋겠어.

깔끔 산뜻하게!

꼴까닥!

그런 저승사자를 만나야 하는데.

아유~ 그럼 NO 여한!

그건 저승사자가 아니라……

호호호!

저승사안타클로스!

49. 동기 부여

우리 아들 집에 개를 한 마리 키우는데

뒷다리를 못 써!

아이고

이를 어쩌래

빡

그래서 요즘엔 휠체어를 타고 다녀.

삶의 의욕엔 역시 동기 부여가 필요해.

처음엔 어리둥절해서인지 며칠이 지나도 태우면 꼼짝을 안 했다고 하더라고.

단비야!

단비야~! 이리 와!

내가 만약 그런 상태라면 내 삶의 의욕은 무엇일까?

식탐이 있던 놈이라 간식으로 유인했더니

개당 100원으로 올려드릴게요.

샥

삶의 의욕 만땅!

와이야~!!!

뭐 그럴 일은 없겠지만.

티티크크.

Essay 10.

레코드판

음악을 즐겨 듣기는 하지만
특별히 음악을 가려 듣지는 않았고
딱히 음질을 고집하는 쪽도 아니었지만
어쩌다 보니 음반을 다뤘던 적이 있었다.

친구 따라 대학교 방송국에 들어갔다가
그해에 들어온 신입생이 많지 않아서
수천 장은 되었을 레코드판을 관리하게 되었다.
관리라고 하니까 뭔가 있어 보일 수도 있겠지만
선배들이 제목을 적어 놓으면 레코드판을 찾아 대령하고
선배들이 쓴 레코드판을 쌓아 놓으면
잘 닦아서 제자리에 두는 일이었다.

그래도 좋은 앰프와 스피커가 있었고
방음이 된 녹음실도 있었기 때문에
평생 들어야 할 음악을 몇 년 동안 몰아서 들었다 싶다.
많이 들었다 해서 없는 감수성이 생기는 것은 아니었기에
음악을 들었다기보다는 레코드판을 좀 돌렸다고 하겠다.

당시는 마침 LP판이 CD로 넘어가던 때였다.
수많은 레코드판을 관리하던 입장에서는
CD는 작아서 자리도 덜 차지하고 가벼워서 좋았다.

레코드판을 닦아야 하는 입장에서도
LP판보다는 CD쪽이 아무래도 나았다.

수많은 아날로그가 디지털로 대체된 것처럼
LP판의 자리는 이내 CD로 대체되었고
CD의 자리는 다시 MP3가 차지했다.
요즘 사람들은 음악을 물리적인 형태로 소유하지 않는다.
나는 MP3 파일이라도 소유해야만 안심이 되지만
우리 아이는 그저 스트리밍으로 접속할 뿐이다.

오래된 물건을 사고파는 지인에게 들으니
요즘은 중고 LP판 거래가 짭짤하단다.
세상은 결국 수요와 공급의 문제인데
CD에 밀려 단절되었던 LP판의 희소성이
오히려 LP판의 가치를 높이는 이유가 된 것이다.

지인의 창고에 수백 장의 레코드판이 있기에
오랜만에 실력을 발휘해서 닦아보았다.
바늘을 얹고 지글거리는 소리와 함께 울려 퍼지는 음악을 들었다.
잠깐 추억에 젖었다가 오늘 닦아낸 LP판의 시세를 물었지만
영업비밀이라 강조하며 제대로 알려주지는 않았다.
추억에 가격을 매길 수는 없다는 식보다는 솔직해서 좋았다.

51. 티티크크2

비록 몸은 무너지고 늙지만
여전히 사랑받는 존재.

낡고 헐어도 여전히 가치 있는
물건처럼

가치 있게 저물어 간다는 건
참 어려운 일이야.

할머니! 선뜩한데
왜 나와 계셔요?!

내 새끼 퇴근했네!
얼마나 힘들어.

할머니. 저녁 안 먹었지? 오늘
나랑 외식할까? 먹고 싶은 거 있어?

할미가 이렇게 낡고
늙었는데 싫지 않아?

또 그런다!
이 세상에서
나는 할머니가
제일 좋아!

흐미~
행복한 거.

그냥 낡고 늙기만
하지 말고

빈티지, 엔티크,
유니크합시다.

지금처럼.

나 학교 가기 싫어. 이제 학교 안 갈래.

네 앞길을 스스로 정한다는 건

잘 생각했어! 가지 마!

용돈 벌이도 스스로 한다는 뜻으로 알겠다! 고맙다, 아들!

이제 자신의 인생을 책임질 때도 됐지!

앗싸! 용돈 고민 한방에 해결! 우리 아들 효자!

학교를 간다 해도 성공한다는 보장도 없고

요즘 최고의 선생님은 유튜브니까!

저의 토론 주제는

자본주의의 폐단입니다.

53. 비움 채움

힐링이 별건가.

그냥 의식이 흐르는 대로

몸을 내맡기는 것이

진정한 힐링이자

비움이지.

비우다 보면

자연스럽게 채워질 거야.

어!

엄마! 내 큐티핀 찾았어!!

봐. 자연스럽게 채워지잖아.

54. 니돈내산

언니. 그럼 늙어서까지 일할 생각이에요?

남편이 번 돈으로.

!

당연하지. 늙으면 할 일도 없고 내가 번 돈이라 더 떳떳하고.

그건 남편 돈이지 네 돈이 아니잖아. 눈치 안 보여?

그러다 골병들어요. 늙으면 놀아야죠.

눈치보다가는 평생 못 즐겨요, 언니.

여행 다니고 맛있는 것도 먹으러 다니고……

무슨 돈으로?

'내돈내산'이 제일 떳떳한 건 줄 알았는데

'니돈내산'으로도 가능하더라고.

55. 무게

진짜 한마디 해주고 싶은데

입이 근질근질해서 미쳐버릴 것 같은데

상대의 얘기들이 내 입을 못 열어 안달이 났는데도

난 끝내 입을 열지 않았지. 나이 든 자의 입의 무게는 정말 중요하니까.

봐, 벌써 굿 피드백이 오잖아?

난 정선배처럼 입이 무거운 사람이 좋더라.

이제 지갑만 열면 화룡점정.

그런데 지갑이…… 젠장! 지갑이 안 열려!! 내 지갑도 입이 무거운 건가?!

내가 내지 뭐.

강선배 짱!

지갑의 입이 무거웠던 이유는

아빠 최고!!

가장의 무게 때문이라지…….

지갑

언젠가 지갑을 선물 받은 적이 있었다.

그날은 '우연히'가 여러 번 겹친 날이었다.

세무서에 갔다가 우연히 지인을 만났는데

처음으로 내 이름으로 된 사업자등록증을 받던 날이었다.

내가 사업자등록증을 발급받던 바로 옆자리에서

지인은 그동안 운영하던 카페의 폐업 신청을 하고 있었다.

어색하게 인사하고 각자 갈 길을 갔다가

우연히 들른 식당에서 다시 그 지인을 만났다.

식당을 나선 우리는 차 한 잔을 마시게 되었다.

그동안 카페를 운영하느라 마지막 한 칸까지 짜냈다는 지인은

오랜만에 남이 타주는 커피를 마시니 홀가분하다고 했다.

지인은 예쁘게 포장이 된 상자 하나를 내밀었다.

원래는 동생 주려고 산 지갑인데 왠지 나한테 주고 싶다며 말이다.

선물을 주고받을 사이는 아니었고

남은 둘째 치고 가족에게도 뭘 받는 것을 어색해하는 나였지만

그날은 왠지 이것저것 따지지 않고 편하게 받아들었다.

상자를 여니 우연히도 내 취향의 지갑이 나왔다.

크지 않고, 단색에, 무늬도 없고, 복잡하지 않은……

지인은 지갑 선물을 할 때는 돈을 넣어주는 것이라며

빳빳한 만 원짜리 한 장을 지갑에 넣어주었고

이렇게 또 어른들의 세계를 하나 배웠다.

원래 물건을 자주 바꾸는 편은 아니라서
적지 않은 시간을 그 지갑과 함께했다.
아쉽게도…… 그 지갑이 두둑해지는 일은 없었고
언젠가 나도 폐업 신청을 하러 세무서에 들러야 했다.
다행히 바로 지도를 만드는 회사에 소개를 받아 일을 나갔다.
단기 알바 같은 것에 출퇴근 거리도 멀었지만
뭐 이것저것 가릴 때는 아니었고 벌이가 이어짐이 고마울 뿐이었다.

그 지갑을 잃어버린 것은 하필이면 그 시기였다.
새로 나간 회사에 적응하느라 정신이 없었고
폐업에 따른 뒤처리에 감정이 소모되고 있을 때
출근 시간에 쫓기다가 큰맘 먹고 탄 택시에서
지갑을 흘리고 내리지 않았나 싶다.
돈도 천 원짜리 몇 장만 들어 있었고
신용카드도 없었고 교통카드는 따로 들고 있어서
경제적으로 본다면 큰 타격은 없을 분실 사고였지만
아직도 그 지갑을 떠올리면 아련한 무언가가 배어 나온다.

희망을 걸었던 개업은 후회 가득한 폐업이 되기도 하고
다달이 나오는 월급은 고맙지만 그럼에도 여전히 허덕이며
지갑을 채우기는 어렵고 돈 나갈 곳들만 줄지어 기다리고 있다.
그래도 이게 다가 아니길 바라고 근거 없는 희망을 떠올리며
잃어버린 지갑을 찾아 두둑하게 채우는 상상을 하다 보면
아직은 어른이 덜 되었나 싶다.

56. 겨며들다

스며들고 있다고.

이 힘은 분명 다크 포스야!!

헉! 어떤 포스가 내 팔을 잡고 있어!

아아, 이대로 다크 포스로 빨려 들어가는 것인가! 더 이상은. 더 이상은……!

어어…… 끌려간다!

끄는 힘이 무척 강력해!

블랙홀이 빨아 들이는 힘과도 같은 느낌!

엄마. 배부르다고 하지 않았어?

빵 배는 따로 있어.

May the bread be with you!

59. 저버

버터지던데.

60. 무엇을 위한 일인가

환경을 위해

손 다치지 않게
가위로 뚜껑띠 떼고

포장 스티커를
떼고……

병 속의 이물질까지
완전히 제거한 후
햇볕에 말리면

잘못 뜯은 건

분리수거용 플라스틱
자격 획득!

쇠수세미로
빡빡 밀어
깔끔히 제거하고

잠깐. 그런데 왜……
환경을 위한
일이라기보다는

기업을 위한 일이라는 생각이 들지?

스타워즈

'스타워즈'를 따로 설명할 필요는 없을 것이다.
영화를 보지 않은 사람이라도 무엇인지는 알고 있을 테니 말이다.
영화적으로 뛰어난 작품인가에 대해서는 의견이 갈리겠지만
1977년에 첫 편이 극장에 걸린 뒤로 영화 산업을 바꾸고
상상으로만 떠올리던 세계를 눈앞에 보여주는 영상기술을 개척했고
영화에 나오는 캐릭터로 영화 바깥에서 돈 버는 방법을 선보이면서
영화 이상의 역할을 했다는 것은 누구라도 인정할 것이다.

나는 '스타워즈'를 만화로 처음 만났지만
그때는 그게 '스타워즈'인지도 모르고 보았다.
지금이야 그러면 재판에 불려 나가겠지만
우리 어린 시절에는 저작권이라는 개념이 없다시피 했고
무엇보다 인터넷 이런 게 없던 시절이라서
미국에서 인기를 끈 영화나 드라마가 있으면
이걸 각색해서 만화로 그리는 관행이 있었다.

재미있는 것은 이 과정에서 본의 아니게 각색이 들어가곤 했다.
요즘처럼 동영상으로 바로 볼 수 있는 때는 아니었기에
대략 이런 줄거리라는 얘기와 몇 장의 사진을 보고 그리다 보니
이쪽에서 채워 넣는 스토리와 설정이 들어가는 것이다.
또는 '스타워즈'에 나오는 캐릭터만 빌려 와서는
전혀 다른 스토리에 집어넣는 만화도 많이 나왔다.

특히 어려서 본 다스 베이더가 허당 박사님으로 나왔던 만화는
지금이라도 꼭 구해서 다시 한번 보고 싶을 정도로 재미있었다.
물론 나중에 진짜 '스타워즈'에 나오는 살벌한 다스 베이더를 보고
여러 면에서 깜짝 놀라기는 했지만 말이다.

'스타워즈'에서 가장 좋아하는 캐릭터는 요다 스승님이다.
체구가 작은 노인인데다가 엑스트라 도깨비 같은 모습이지만
무협지에 나오는 은둔 고수처럼 내공이 대단하신 분이다.
원래 '스타워즈'에서는 인형으로 만들어져 땅에만 계셨지만
CG가 발달한 시대에 와서는 막 날아다니고 번개도 쏘시고
아무튼 어릴 때부터 지금까지 내 마음의 스승님이시다.

요다 스승님의 명대사 중에
"한 번 해보겠다."는 주인공을 꾸짖으며
"해보는 것은 없다. 하든가 하지 않든가."가 있다.
("Do or do not. There is no try.")
내겐 단지 명대사가 아니라 인생의 가르침이었다.
언젠가 아이를 키우면서도 강조할 정도로 말이다.
(물론 출처가 어디인지는 알리지 못했지만…….)

그런데 요즘 이 명대사를 좀 다르게 해석한 것을 보았다.
"일단 해봐. 해보고 아니면 말지."
응? 그런데 나쁘지 않았다. 아니 딱 좋았다.
그래, 일단 해보는 것도 하는 거지 뭐.
안 하는 것보다는 낫잖아?

우리는 끊임없이 나를 전하고자 한다.

우리 모두는 결국 혼자라는 것을 알면서도

누군가와 연결되기를 바란다.

내가 남을 온전히 이해하기 어려운 것처럼

남도 나를 알아채기 어렵다는 것을 알면서도

그래도 누군가가 다가와 주기를 바라곤 한다.

때로는 바로 곁에 있는 이에게서 몇 만 년의 거리를 느끼지만

그럼에도 우리는 누군가에게 닿고 싶은 것이다.

61. 별게 다 맞아

이거······ 썸 맞아?

난 들어가고 그 남자는 나오려는데 서로 피하는 방향이 대여섯 번이나 같은 거야!

누구야? 몇 살?

뭐하는 사람?

장난하냐?

남자?

별게 다 나랑 맞더라니까.

······

하이에나들처럼 덤벼드네. 같은 병원에서 일해. 간호사.

사내랑 사내연애!

라임 좋고~.

나올 때 살짝 웃더라고. 이거 썸 맞지? 그치?

엘리베이터에 문이 열렸는데

그 남자더라고.

쌈 날 뻔했다······.

비상 걸려서 늦으면 안 되는데!

62. 열심히 일하는 남자의 땀

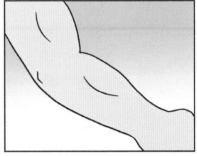

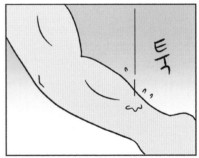

63. 금사빠

숙이는 금사빠구먼.

금사빠?

맞아. 내가 알고 있는 것만 5건이 있는데.

난 매일 오는데 왜 난······.

하하

금방 사랑에 빠지는 타입.

남자만 보면 거의 자석이잖아.

!

아니야, 언니. 나 그 남자 처음엔 눈에도 안 들어왔어.

긴 시간 동안 보다 보니 호감이 생긴 거야.

자석 아니거든.

그럼 뭔데?

언니야 말로 금사빠잖아. 맥주 마시러 오는 남자들 마다 사랑에 빠졌잖아.

헉

핫

얘 뭐야

전자석

OFF!

팍

금새 붙었다가 금새 떨어지는······.

64. 전문가

은이님. 전문가의 입장에서 숙이의 상황을 어떻게 보시나염?

언니들. 연애의 목적은 결혼이 아니고 연애예요.

저 전문가 아닌데요.

연애도 길게 안 해보고 일찍 결혼을 해버렸으니

제일 어린 분이 제일 먼저 결혼했으면 연애 전문가 아닌가염?

나야말로 연애 실패자죠.

더 연애해 보고 결혼할껄 섣부른 이 기분

전문 낮이아까비

맞아염. 무려 고등학교 동창이랑 결혼을 했으니 전문가 맞아염.

오오. 정확한 자기 분석!

……

역시 전문가다워!

65. 좋은 점 나쁜 점

부족한 지식이지만 연애에 대해 말해야 한다면……

그 사람의 좋은 점과 나쁜 점을 파악하는 거죠.

Good   Bad

좋은 점이 나쁜 점을 덮을 수 있는 사람이면 당연히 사귀는 거고.

꾸욱

Good

Bad

나쁜 점이 아주 작아 보이지만 중성자 별처럼 밀도가 높아서

쿠우우

엄청난 중력과 자기장처럼 나쁜 기운이 뿜어져 나온다면 사귀면 안 되죠.

콰 아

그렇게 좋은 점과 나쁜 점을 잘 파악해야 연애를 잘할 수 있어요.

연애는 과학인가

어렵다……. 은이 넌 어때? 남편.

좋지도 나쁘지도 않아요.

쿨

결혼하니까… 그냥 이상한 점이 많아졌어요.

좋은 점, 나쁜 점, 이상한 점인가.

THE GOOD

THE BAD

THE UGLY

MBTI

언제부터인가 MBTI를 묻는 이들이 늘어났다.
일로 처음 만난 사이에서 명함을 꺼내기도 전에
MBTI 유형부터 오간 적도 있었다.

MBTI에 빠진 사람들은
이것처럼 성격을 잘 설명하는 것이 없다고 한다.
맞아! 맞아! 소리가 절로 나온다고도 하고
지금까지 어렴풋하던 그림을 또렷하게 만들어준다고도 한다.

MBTI에 시큰한 사람들은
과학처럼 보이지만 과학적이지 않은 게 문제라고 한다.
MBTI가 사람의 성격을 맞춘다기보다는
MBTI의 설명에 자신을 채워 넣는 것이라 의심한다.

MBTI에 대한 평가를 일단 미뤄 놓는다면
남는 것은 나를 알고 싶어 하는 우리들의 마음이다.
자신을 알고자 하는 마음은 오래된 것이며
그래서 마음을 읽으려는 다양한 방법이 만들어졌다.
마음이라는 것이 비슷한 답은 나와도 100% 정답은 없을 것이고
오늘은 정답을 얻었더라도 내일이나 모레에는 문제가 달라져서
다시 새롭게 정답을 찾아야 하는, 어쩌면 무한반복의 숙제일 테고.
그저 요즘은 MBTI가 타율이 높다고 할까?

요즘은 잘 보이지 않지만
예전에 잡지를 사면 꼭 빠지지 않는 것 중에서
출발점에서부터 몇 가지 선택을 따라가면
'아무개를 고른 당신! 무슨 유형이시군요!' 하는
성격 테스트가 있었다.

많아 봐야 4~5개의 유형 중에 하나인데도
질문을 따라가는 과정에서 묘하게 두근거리고
그렇게 드러난 결과에 역시 묘하게 공감하다가
그래서 거기서 제시하는 조언을 슬며시 따르게 되는 것이다.

성격 테스트의 만족도는 설계의 정밀함 이전에
성격을 알고자 하는 우리의 호기심에서 이미 승부는 결정되었다.
기대가 크면 클수록 결과가 더 그럴 듯하고
의심을 하면 하는 대로 의외로 맞는 것 같고 말이다.

MBTI 유행의 긍정적인 면은
사람들이 자신의 행동이나 성격을 돌아보게 된다는 것?
자신을 돌아보는 것은 언제나 중요하니까 말이다.

MBTI 유행에서 조심해야 할 것은
타인의 마음이나 성격을 단편적으로 볼 수도 있다는 것?
나와 남을 이해하려는 노력은 중요하지만
사람의 마음은 모호하고 그때그때 변하기 마련이어서
때론 안다고 확신하는 것이 위험할 때도 있으니까 말이다.

66. 열심인 남자

그러고 보니 내 연애는 어땠었나……

그런 기준에 비하면 이 남자는 잘생기지도 않고 키도 크지 않은데 왜 난 그가 좋은 걸까?

반장. 키 크고 공부도 잘하고. 그래서 좋아했지.

그래. 의외의 모습 때문이었어. 작아도 능력 있는! 자신의 일에 열심이었던!

교회 오빠. 미남이고 젠틀해서 좋아했지.

은이 네 남편도 열심인 사람이라 결혼한 거 아냐?

뭐 그런 셈이죠.

아. 날 좋아했던 놈도 있었지. 돈 떨어지면 연락하던 그 새끼.

보고 싶어.

실수로 쏟은 도구통. 가지런히 정리 2시간째.

118

징글징글하게 열심인…….

다미가 우리 중 가장 예쁘고 성실한데.

연애만 하면 금상첨화인……

돈 벌어야 돼!

오. 단칼녀!

단호한데?

눈빛 봐. 심지가 보여.

연애를 꼭 사람이랑 해야 하나? 난 돈이랑 연애중인데.

진지한데?

결혼까지 생각 하고 있나 봐.

사랑하면 돈이 생기는 그런 직업 없나?

자본주의 이데올로기를 바꿔야 합니다. 봉기합시다!

하긴. 다미 엄마는 일찍 돌아가시고 아빠는 병원비 빚 갚는다고

원양어선 일을 나가셨으니 자신이 집에서 가장이라고 생각하겠지.

돈과 연애중이라는 말. 다 이해해.

다미, 파이팅!

남편은 엉뚱하면서도 성실한 게 우리 아빠랑 많이 닮았어요.

엄마가 어렵게 번 돈 술 마시고 남 챙기는 데 다 쓰셨지.

그게 어떻게 번 돈인데!!!

이상형의 싹은 아빠로부터 시작되지.

하지만 어렸을 적 시장에서 살 때 배달 삼촌은 너무 좋아했어.

꺄아

꽉 잡아!

아빠가 좋으면 아빠 같은 남자. 아빠가 싫으면 아빠 같지 않은 남자를 선택하잖아.

기준점 이랄까

그래. 지금 생각해보니 그 남자와 삼촌은 결이 닮아 있어.

우리 아빠는 나한테 참 다정하게 대해주시긴 했는데.

딸꼭

우리 숙이 사탕 사왔지롱

아빠 최고!

내 기준점은 배달 삼촌이야!

배달의 민족을 좋아했군!

능숙한 손놀림

척 척 착

자유자재
운전 솜씨

내 선망의 대상자가
내게 이렇게 말했어.

신들린 기술

태워줄까?

나의 기준점 결정!!

70. 아빠의 장점

엄마는 아빠 어디가 좋아서 결혼한 거야?

아빠한테 장점은 있어?

너도 알다시피

굳~이 억지로 장점을 찾으라면 하나 있지.

뭔데?

분위기 이끄는 데 선수잖아. 그거에 반한 거지. 리더십, 뭐 그런거.

애벌레.

애벌레?

그런데 결혼해서 지켜봤더니, 제길! 술자리에서만 리더십이 있어!!

아무리 취해도

집에 기어는 들어오거든!

술

내가 어렸을 때는 요즘보다는 어른들을 볼 일이 자주 있었다.
요즘은 친한 친구라도 부모님을 뵐 일은 거의 없는 편이지만
그때는 친구에게 전화를 걸어도 부모님이 받아 바꿔주셔야 했고
친구 집에 놀러 가면 친구 부모님이 계시는 거실 한 구석에서
우리는 우리대로 뭔가를 하며 놀고 있다가
아예 같은 밥상에 앉아 저녁까지 먹는 일도 흔했다.

자주 들르던 친구 집에서 저녁을 먹을 때면
그때까지 한마디도 하지 않으시던 친구 아버지께서
혼잣말인 듯 "반주 한 잔 해야지?" 주문을 거시고는
두꺼비가 그려진 소주를 꺼내 맥주잔에 가득 부으시곤 했다.
우리 아버지도 밖에서 술을 드시고 들어오시곤 하셨지만
집에서 술을 드시는 모습은 거의 보지 못했기 때문에
저녁 밥상에 앉을라치면 어김없이 소주를 부으시던 모습은
지금도 선명하게 떠오를 정도로 인상 깊은 장면이었다.

맥주잔에 가득 부은 소주를 어떤 날은 한 번에 들이키시고
또 어떤 날은 두세 번에 나눠 드시고 그랬다.
아무튼 한 잔이 비워지고 다시 맥주잔에 소주가 채워질 때면
친구 아버지는 그전과는 다른 사람이 되어
특별히 이야기 상대를 정한 것은 아니었지만
그날 밖에서 있었던 이야기를 풀어놓곤 하셨다.

트럭을 몰고 공사장 일을 하셨던 것으로 기억하는데
일본말 비슷한 것이 잔뜩 섞인 전문용어와 함께
알 것도 같고 모를 것도 같은 이야기들을 듣다 보면
무슨 라디오를 켜 놓은 것 같은 기분도 들고 그랬다.

그 친구와는 다른 고등학교를 다니면서 소식이 뜸해졌고
부고를 전해 듣고서야 영정 사진 속의 친구 아버지를 다시 뵈었다.
사진 속 친구 아버지께선 반주하시기 전의 근엄한 표정이셨지만
누가 올려놓았는지 맥주잔 가득히 소주가 부어져 있으니
어딘가 좋은 곳에서 이야기를 하고 계실지도 모를 일이었다.

그렇게 또 몇 년이 지났을까?
문상을 갔다가 마침 그 친구와 자리를 함께하게 되었다.
그 친구는 맥주잔을 하나 가져다 소주를 반쯤 채우고는
한 모금 들이키다 눈이 마주치자 씩 웃었다.
언젠가부터 아버지처럼 반주를 하고 있더라고.
집에 돌아와 적시는 반주 한 모금에
그날 쌓였던 것들이 조금은 풀리는 것 같더라고.
나는 저렇게 되지 말아야지 하던 아버지의 모습을
이제는 내가 그렇게 하고 있더라고.

친구는 내 앞에도 맥주잔을 하나 놓고는
평소 내 주량을 고려해서 반의반쯤을 채워주었다.
우리는 누가 먼저랄 것도 없이 주문을 외웠다.
"반주 한 잔 해야지?"

71. 베사메무쵸

그 남자를 보고 있으면 배달 삼촌과 오버랩이 돼.

그리고 나의 기준점. 강삼촌!

내가 살던 시장에는 배달 삼촌 삼총사가 있었어.

강삼촌은 배달 다닐 때 자주 듣는 노래가 있었지.

뭐든 척척 잘 만드는 철물점 박삼촌.

베사메~ 베사메 무쵸~

청소는 기가 막히게 하시는 추어탕집 최삼촌.

배삼에 미쳐~ 달 촌

우린 그 노래를 자주 따라 불렀어.

돌아가신 엄마의 병원비

아…… 그 말은 하지 말았어야 했는데.

트럭 사업에 투자하다 또 빚더미

아빠. 오래 살아야 해.

학자금 대출

그 빚 다 갚고 죽어. 알았어? 자식한테 넘기지 말고!

……

그 와중에 그동안 아빠가 내게 준 용돈도 빚이었다는 사실을 알게 됐지.

후우~

그날은 우리 가족 모두

돈에 대한 생각을 크게 바꾼 날이었어.

알바 할머니들이랑 맛있는 거 사 먹어.

야야. 됐다!

고생하는 손녀 돈 받으면 할미 맴이 좋겠어?

할미 용돈!

됐어. 할머니.

아, 진짜~! 받으라고. 내 성질 알잖아!

아이고~, 알았다. 알았어.

안 받으면 성낸다!

아, 참. 알았어.

그 용돈 바로 예금

그 용돈 바로 예금

할머니들이랑 맛난 거 먹었어?

배 터지겠다. 용돈은 써야 제맛이지!

통장에 숫자로 잘 써났지.

74. 이미 그녀는 뛰고 있다

다미 언니가 우리들 중
알바를 가장 많이 했죠.

맞아. 알바 3개
하는 것도 봤어.

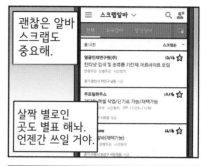

괜찮은 알바
스크랩도
중요해.

살짝 별로인
곳도 별표 해놔.
언젠간 쓰일 거야.

알바 구하는
것도 기가
막히게 잘했지.

알바 잘 구하는
팁이라도 있어?

문자 지원보다 전화 지원이
더 접근하기 좋아.

대신 최대한
예절을 갖춰
문의해야 해.

알바앱
까는 건
기본이고

보건증, 이력서……
항상 밝은 에너지로……

저 눈빛
또 나왔다!

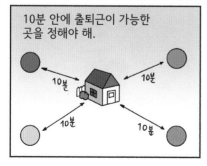

10분 안에 출퇴근이 가능한
곳을 정해야 해.

10분

10분

10분

10분

이미 그녀는 알바를
하나 더 뛰고 있다!

알바 3개 가뿐하게
하기

알바 잘 구하는 법 족집게 강사로!

75. 웃으면서 일해

다음 날

ㅋㅋ

그렇지!
그거지~~!

정씨. 웃으면서 일하면 일이
그나마 좀 수월해지더라고.
생각보단 도움이 꽤 돼.

네.

역시! 선배의 조언이
제대로 먹혔구먼!

그게 아니야.

......

딸한테 문자
와서 그래.

문자?

130

학자금 대출 다 갚았대!

역시 돈은
돌고 도는것.

Essay 15.

돈

어렸을 때 어머니께서는 우리에게 용돈을 주시고는
작은 공책에 통장 비슷한 것을 만들어서
어머니에게 저금을 하면 이자를 붙여주곤 하셨는데
경제 관념을 심어주려던 노력에는 죄송하게도
우리 형제들 중에선 돈에 강한 쪽은 나오지 않았다.

아주 친하지는 않고 대략 아는 친구의 경우에는
공부를 하는 사람이라서 교수님 소리를 들으면서도
한편으론 돈 굴리는 법에도 관심을 두어서
투자 공부도 전문적으로 하고 나름 돈도 벌었다는데,
젊었을 때는 부럽다기보다는 유난하다고 생각했지만
지금 생각해보면 부러워도 하고 따라 배우기도 했어야 했다.

젊었을 때 얘기가 나왔으니 그 시절을 돌아보면
열심히 일을 하긴 했는데 경력을 쌓지 못했고
무엇보다 그나마 쌓은 경력을 돈으로 환산하지 못했다.
열심히 일하다 보면 경제적인 문제도 풀리지 않을까
그런 막연한 마인드로 살았다고 하겠는데
지금 생각해보면 그러지 말았어야 했다.

사람이 살다 보면 기회가 온다고 하고
내게도 분수에 넘치는 돈을 받을 기회가 있긴 했었지만

남의 투자금을 대책 없이 까먹으면 안 된다는 생각에다
일단 질러야 할 때 그러지 못하는 소심함이 겹쳐서
그냥 있는 자금에 맞춰 분수껏 해보려다 잘되지 못했는데
지금 생각해보면 약간 포장을 해서라도 일단 받았어야 했다.

요즘 집에서 목소리를 높이며 싸우는 일이 있다면
열에 아홉? 아니 거의 열의 열은 돈이 문제다.
벌이가 늘 부족한 것도 문제지만
돈이 들어오는 날짜가 고르지 못한 것도 문제여서
그달그달 빠듯하게 맞춰 나가고는 있지만
빚이 꾸준하게 늘어가는 것이 불안하다.

영화 내용은 잊었지만, 제목만큼은 선명한 것으로
'불안은 영혼을 잠식한다'가 떠오른다.
돈 때문에 싸우는 것보다 더 서글픈 것은
그렇게 싸워서 생긴 앙금이 우리를 잠식하는 것이다.
돈 얼마 때문에 사이가 조금씩 멀어지고
나중에 돈이 많아지더라도 그 사이를 메우지 못할까 봐 두렵다.

지난달에는 기대하지 못했던 소득이 있었고
무슨 환급금인가도 들어와서 운수 좋은 달이었는데
바로 이번 달에 수리비가 딱 그만큼 나왔다.
젊어서는 돈에 지지 말자는 생각도 했었지만
지금은 져도 좋고 깔려 죽어도 좋으니까
그저 많았으면 좋겠다.

학자금 대출 다 갚고 나니까

그때 아빠한테 했던 말······ 진심이 아닌 거 알지?

그럼. 알지.

아빠 빚 갚는 것도 도와줄 수 있을 것 같아.

하지 마! 그건 아빠가 해야지.

아빠 사랑하는 것도······.

그럼. 너무 잘 알지······. 아빠도 다미 너무 너무 사랑해.

아빠 빚은 아빠가 갚아야 너한테 떳떳할 수 있을 것 같아.

이젠 너 먹고 싶은 것 먹고 입고 싶은 것 사면서 살아.

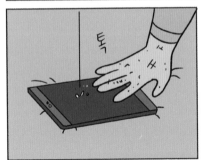

톡

아빠.

······

응.

끄윽······ 끅. 끅······.

흐윽.

웃으면서 일하자고 한 사람이 누구더라?

77. 다 새어 나갔어

언니만큼 자유로운 사람은 못 봤어.

부러움들을 흡수하는 중.

맘껏 부러워하라 짱생들아

부러움

챙길 사람 없으니 경제적으로 여유롭고

연애도 자유롭고

며칠 후

세상에! 벌써 이렇게 큰 거야? 귀여워~!

진짜 부럽다~~!

음마! 음마! 뽀뽀~!

응~.

뭐하는 거임?

예전에 흡수했던 부러움들……

부러움

그날 다 새어 나갔지.

어느덧 친구들은 학부형이 되었고

뭔가…… 우리는 서로 다른 행성에서 살고 있다는 생각을 했고.

그들의 언어는 점점 생소해지기 시작했지.

우리 큰 애가……
우리 작은 애는……

말조차 다른 언어로 들리기 시작했지.

우리 애.

우리 애.

우리 애.

그날은

지금은 자신과 같은 공감 생명체를 찾으며 보이저호를 쏘고 있더라고.

보이저호를 발견하고도

관심을 못 갖는 외계인이 있지 않을까?

… 하는 생각을 하던 날이었어.

아놔. 오지랖 혀들! 걍 먹는 데나 써!

80. 청소하러 갈게

동창회

와글 와글

깟똑!

애쓴다.

청소해
주러!

애는 치근덕대는 건
예나 지금이나
똑같구먼. 대뜸 뭐야?

언제
너희 집
한번
놀러갈게.

야. 남상민! 왜 갑자기
우리집 청소를 해준다는
거야?

깜짝

왜?

그리고 그걸 왜 카톡으로
보내? 지금 직접 얘기하지.

답장이 늦는 걸 보니
생각중이군. 이런 질문에
답은 미리 준비해놨어야지.

유부남!
정신 좀 차려!

혼자 살면 다 쉬운 여자인 줄 아나 봐?

Essay 16.

보이저호

쌍둥이 탐사선인 보이저1호와 보이저2호가
지구를 떠난 것이 1977년이었다.
보이저호는 처음부터 돌아오지 못할 여행을 떠났다.
보이저 1호와 보이저 2호는 태양계에 있는
여러 행성들을 방문해서 사진을 찍어 지구로 보냈고
지금은 태양계를 벗어나 먼 우주로 향하고 있다.
때때로 보이저호는 지구로 신호를 보내오고 있지만
대략 2025년에서 2030년 정도면 에너지가 떨어져서
시스템이 멈추고 소식이 끊어질 것으로 예상하고 있다.

시스템은 멈추더라도 보이저호는 멈추지 않을 것이다.
관성의 법칙에 따라 계속 앞으로 나아가는 것이다.
고향인 지구로부터 끝없이 멀어져 갈 것이다.
무언가와 부딪히거나 누군가를 만난다면 멈추게 되겠지만
우주는 생각보다 넓어서 그날이 언제일지는 누구도 알 수 없다.

보이저호가 태양계와 같은 다른 항성계로 들어서려면
적어도 4만 년의 시간이 필요하다고 한다.
만약 그곳에 아무도 살고 있지 않다면,
누가 살고 있어도 보이저호에 관심을 두지 않는다면,
아니면 살고는 있는데 미처 보이저호를 보지 못한다면,
보이저호는 다시 수만 년의 여행을 계속해야 할 것이다.

보이저호에는 언젠가 만날지도 모르는 우주의 누군가를 위해
지구를 소개하는 115개의 사진과 그림,
영어와 한국어를 포함해서 55개 언어로 녹음한 인사말,
파도, 바람, 천둥, 새와 고래의 노래 등 지구의 소리,
그리고 지구의 음악이 담겨 있는 황금색 레코드가 실려 있다.

보이저호에 황금색 레코드를 실은 이들은
시작도 끝도 모르는 광활한 우주에서
누군가 이 레코드를 찾아 들을 가능성이란
정말 희박하다는 것을 모르지는 않았을 것이다.
혹여 누군가 보이저호를 만나 레코드를 듣는다 해도
우리가 그 사실을 알거나 답장을 받으려면
적어도 십만 년은 기다려야 한다는 것도 잘 알고 있었을 것이다.
그럼에도 제한된 공간 안에 무엇을 넣어야만
지구를 더 잘 소개할 수 있을지 공들여 골랐을 것이고
우리를 전하고 싶다는 희망을 담아 띄워 보냈을 것이리라.

우리는 끊임없이 나를 전하고자 한다.
우리 모두는 결국 혼자라는 것을 알면서도
누군가와 연결되기를 바란다.
내가 남을 온전히 이해하기 어려운 것처럼
남도 나를 알아채기 어렵다는 것을 알면서도
그래도 누군가가 다가와 주기를 바라곤 한다.
때로는 바로 곁에 있는 이에게서 몇 만 년의 거리를 느끼지만
그럼에도 우리는 누군가에게 닿고 싶은 것이다.

81. 솔로 고모

고모. 혼자 살아가려니 힘들어 죽겠어. 고모는 혼자 사는 삶, 만족해?

30년 피아노 강사였던 솔로 친구가 나이 때문에 일이 안 들어와 고민이래.

광광랑 광~

베토벤의 <운명>

내가 네 나이면 날아다니겠다.

헉

지금 니 나이가 얼마나 행복한 때인데 힘들다 그래!

쳇.

지금 다니는 출판사 사장이 나보다 어려. 얼마나 눈치 보이는데.

내가 너무 꼰대처럼 굴었나? 위로의 한마디 좀 해줘야겠다.

수면 내시경 받으시려면 보호자와 같이 오셔야 하는데요.

접 수

아놔. 이 나이에 무슨 보호자!

나 죽을 때 납골당 들어가려는데, 나랑 같은 데 들어갈래?

아, 고모!! 쫌!!

82. 섣부르고 싶지 않아

나와 평생을 함께할 사람은 어떻게 생겼을까? 잠깐 상상해본 적은 있어.

이런 엄청난 일을 별 생각 없이 하고 싶지 않아.

섣부르고 싶지 않아.

하지만 그 얼굴이 궁금해서 감정이 이끄는 대로

섣부르게 누구를 만나고 싶지는 않아.

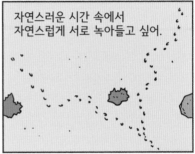

자연스러운 시간 속에서 자연스럽게 서로 녹아들고 싶어.

누군가와 관계를 맺는다는 것은

나도 그런 자연스러운 상황 기다리다가 이 나이 됐지.

그러다간 평생 남자 못 만나!

그 사람의 인생이 내 인생과 섞이는 것이잖아.

그럼. 혼자 살지 뭐!

대답이 너무 섣부른 거 아니니?

83. 얘기해도 돼?

와…… 결혼이란 정말 알 수가 없구나.

84. 장점

그런데 뭔가를 시작하면 끝을 보는 성격이라

돈가스 집을 오래 운영하시던 아버지가 자신의 일에 지쳐가실 때쯤

쿵 쿵

드러머가 되고 싶어.

불가능할 것 같은 일도

니가 드러머가 되면 내 손에 장을……

내가 남자친구를 소개했는데

해낼 때는 가끔 놀라기도 해요.

두두두

챙 칭

지져야 하나……

한번 해보겠나?

네? 제가요?

정말 사소한 것에 집중할 땐 외계 생명체 같기도 하고……

이 사람 지구인이 아닌 건 아닐까.

시대별 크기별 종류별 분류

그때부터 아빠가 남친을

오오!

쿵 쿵 집요 쿵

사윗감으로 바라보기 시작하셨죠.

저기 좀 보고 갈래?

공구

공구 마니아

공구

그 남자 장점이라면 화가 금새 풀린다는 거.

그게 많은 단점들을 다 가려주더라고요.

타인의 삶

내가 어렸을 때는 세상이 좁았다고 할까?
세상은 나, 우리 집, 우리 동네 식으로 단계를 따라 넓어졌고
해외여행 같은 것은 극소수 사람들만 누리던 시절이라
경상도에 있는 외갓집을 가는 일이라도 있어야
내가 모르던 세상을 잠시 구경하고 올 수 있었다.

입학을 하고 졸업을 하면 어떻게 되는지,
취직을 하고 돈을 번다는 것은 어떤 것인지,
언제 결혼을 하고 아이는 몇 명을 낳는가 하는 것들도,
대략 내 눈으로 볼 수 있는 사람들을 보면서
'나도 저렇게 살아야 하는가 보다' 하는 것이었다.

요즘은 다들 손에 들고 다니는 무언가로
평생 가볼 일이 없을 나라에 사는
평생 만날 일이 없을 사람의 삶을 구경한다.
공들여 차린 저녁 식사를 함께하기도 하고
연인과 데이트하는 모습에 참견할 수도 있다.

현실에서라면 절대 만날 수 없을 유명인들의 삶도
왠지 지인이 된 것 같은 기분으로 함께할 수 있다.
새로 산 슈퍼 카를 함께 타고 달려볼 수도 있고
다른 유명인을 만날 때 같이 앉아 있기도 한다.

때로는 닭발을 시켜 주먹밥을 만들어 먹는 모습을 보며
우리랑 다를 바 없다며 친근하게 느끼기도 한다.
(으리으리한 집에서 슈퍼 카를 모는 것을 보았지만 말이다.)

타인의 삶은 끊임없이 우리에게 영향을 준다.
작은 물건 하나를 사도 남이 남긴 후기를 찾는 우리인데
직장을 찾고 사람을 만나고 가족을 만드는 중요한 일에서
타인의 삶을 슬쩍이라도 곁눈질하지 않기는 어려울 것이다.

참고할 수 있는 타인의 삶이 폭발적으로 넓어졌지만
누군가에게 보여주기 위해서,
좀 더 구체적으로는 수익 창출을 목적으로 편집된 삶이기에
리얼처럼 보이지만 리얼은 아닐 수도 있으며
보이는 앵글 밖에 무엇이 있을지는 알 수 없다.
(…라고 생각하면서도 자꾸만 보게 된다.)

때로는 유튜버 놀이를 해볼 때가 있다.
혼자서 무언가를 하고 있을 때,
또는 무언가를 스스로에게 설명하거나 결정해야 할 때,
카메라는 없지만 카메라가 있는 것처럼
평소보다 목소리를 높여 텐션을 끌어올리고는
누군가는 없지만 구독자 여러분들께 보여주는 것처럼
혼자 머릿속에서 하던 일을 밖으로 꺼내본다.
누군가에게 비쳐지는 타인의 삶이 되어보면서
조금은 내 삶을 편집해보는 것이다.

86. 선을 넘은 것 같아

학교 문화축제 때 우리 팀은 만 피스 퍼즐을 액자에 담아 전시하기로 했어요.

10000 PUZZLE

가는 거야!

그 애가 온 거죠.

일주일째

할 수 있다. 할 수 있......

뭔가 시작하면 끝을 보는 애.

내가 도와줄까?

김우식!

보름째

미친......

와 대박! 만 피스 퍼즐 이래!

결국 무리한 계획 이라고 생각할 때쯤

나홀로 퍼즐.

고마워, 우식아.

그때 내가 선을 넘은 것 같아요.

친구에서 연인으로.

87. 내가 가는 길이

혼자 살든

아쉬움이나 후회는 누구에게나 있지.

부부만 살든

단지 지금의
내 상황에
만족하도록

애를 낳든

삶을 만들어갈 뿐이야.

애를
더 낳든

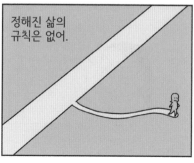

정해진 삶의
규칙은 없어.

내가 가는 길이 내 길이야.

88. 자주 하는 말

우리집…… 이대로 괜찮을까요?

89. 용병

추박하 형님. 잘나가는 청소 용병!

뭐 노는 마음으로 하는거지

헐. 프로의 여유. 쩌네요!

네, 네. 가능합니다. 그날 가겠습니다.

뭐, 돈은 못 받지만.

네? 청소 시키고 돈을 안 줘요?

청소 일 들어왔어요?

용병.

청소 아니고 사회인 야구 용병이거든.

우리 할머니도 용병 뛰세요.

나이 차이는 크게 나지만 둘 다 어린아이 돌보듯 해서 같다고 하세요.

하루는 요양원

어린이집이 조금 더 낫다고 하시는데…….

하루는 어린이집

왜?

나이 차이가 많이 나는 곳을 다니시네.

선생님! 더 주세요!

뭔가 위신이 서는 느낌도 드신대요.

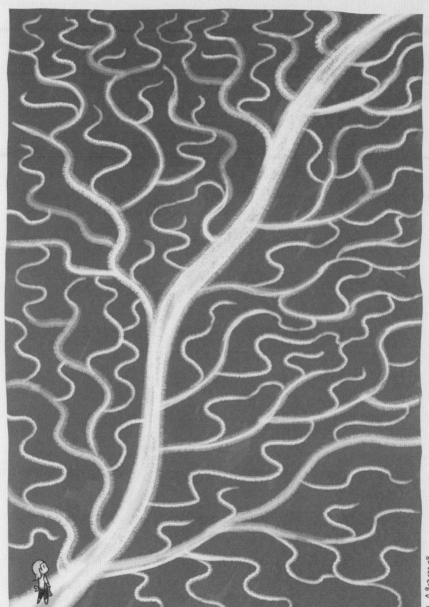

Essay 18.

세이브

살면서 운이 좋았던 것을 하나 꼽으라면
전자오락과 컴퓨터 게임이 탄생하고 발전하던 때에
어린 시절을 보낸 것이라 하겠다.

처음에는 전기오락에 가까웠다.
지금 오락실에서 보는 기계와 비슷하기는 하지만
그 기계 안에는 작은 장난감 자동차가 들어 있어서
조명과 소리로 자동차가 달리는 것처럼 보여주면서
기계에 달려 있는 총으로 자동차를 쏘아 맞히면
번쩍 빛이 나면서 자동차가 뒤집어졌는데
그때는 그게 얼마나 재미있었는지
동네 아이들이 줄을 서서 동전을 갖다 바치고 그랬다.

전기오락에 전자회로가 들어가면서 새로운 세상이 열렸다.
처음에는 흑백이었다가 곧 컬러가 되었고
처음에는 줄지어 내려오기만 하던 외계인들이
여기저기에서 나타나 회전도 하고 점프도 했다.
TV에 연결하면 집에서도 전자오락을 할 수 있었고
개인용 컴퓨터가 나오면서 컴퓨터 게임의 시대가 열렸다.
단순히 쏘고 부수던 게임들이 점점 복잡해지면서
배를 몰고 바다로 나갈 수도 있었고,
시장이 되어 도시를 경영할 수도 있었고,

동굴을 뒤지며 용을 잡거나 미래로 가서 사이보그가 되기도 했다.

세이브를 했다가 다시 불러올 수 있게 된 것은 혁명이었다.
동전을 더 넣어 끝난 곳에서 이어 하는 것만이 가능하던 시절에
특정한 시점에 저장을 했다가 언제라도 돌아갈 수 있고,
그것도 여러 개를 저장했다가 골라서 할 수도 있으며,
오늘 하던 게임을 저장했다가 내일 이어서 할 수 있다는 것은
새로운 세상이 열리는 순간이었다.

처음이라 금방 죽어버리던 게임도 되풀이하면 익숙해진다.
길을 잘못 골라 함정에 빠졌더라면
세이브 파일을 불러와서 다른 길로 가면 그만이고
특이한 공격 패턴을 가진 적이라도
결국엔 익숙해져서 슬쩍 피한 다음 반격할 수 있다.
엔딩을 본 게임이라면 세이브 파일로 다른 엔딩에 도전한다.
수많은 선택들을 조합하면서 숨어 있는 엔딩을 찾아 나선다.

아쉽게도 인생에는 세이브가 없다.
먼 미래에는 기억을 뽑아 다른 몸으로 옮겨줄지는 모르겠지만
아직까지 인생은 동전 하나로 클리어해야 하는 전자오락이다.
동전 하나를 들고 태어났는데
정신 차려 보니 이미 동전이 들어가 있다.
사람마다 게임도 달라서 미리 패턴을 외우고 말고도 없다.
어디쯤 왔는지 얼마나 남았는지 알 도리도 없다.
좋은 엔딩이 기다리길 바라지만
그렇다고 엔딩을 서둘러 보고 싶지는 않다.

가족이란 서로에게 특별하지만
그 특별함을 서로에게 강요하기 시작한다면
타인의 시선보다 더 지독한 무언가가 되어버린다.
적어도 집에서는 평화롭다면 좋겠다.
적어도 가족끼리는 타인의 시선에서 해방되면 좋겠다.

정체를 알 수 없는 질병이 온 세계에 퍼져 나가고
거리에서 마주치는 수많은 타인을 경계하던 시절을 지나니
가족이라는 특별한 타인이 새삼 애틋하게 다가온다.
기댈 수 있는 누군가가 있다는 것은 감사한 일이다.
지금 이 순간을 함께 지나는 것만으로도 의지가 된다.
그렇게 오늘 하루를 견디고
그렇게 또 다른 하루를 기다린다.

91. Family Tree

Today 수업은 자신의 Family Tree를 발표하는 날입니다.

보통 아빠 엄마 자식 순서로 그리는데

오늘은 Number Thirteen 부터 발표해주십시오.

강아지 Tory가 First에 있네요. 그리고 Family Tree가 일직선 이군요!

My family is all 5 people.

마지막 Dad는 연결선이 무척 길군요. 이유가 있나요?

Tory, Gyeoun, Down, Mom, and Dad.

우리집 인기 레벨 이거든요.

Wow! Very creative!

Oh, father! Mr. Jeong, Cheer Up!

92. 실타래

만나기만 하면 으르렁대는 우리 아빠 엄마.

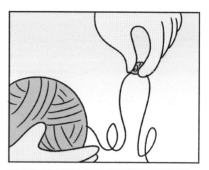

버릇이라고는 눈곱만큼도 없는 내 동생.

꾸깃 꾸깃

Oh my God!

그 사이에서 괴로운 나.

우리집 Family Tree입니다.

It's twisted!

우리집 가계도를 그림이 아닌 물건으로 표현해봤습니다.

실타래?

그럼 같이 풀어볼까요?

선생님……!

Don't worry!

원래 복잡함을 풀어가는 게 인생이니까요.

93. Mystery

며칠 후

자기 집의 Mystery 하나씩 English로 적어왔나요?

Yes!!

쿵쿵

우리집은 좁은데 윗집은 넓어서 하루 종일 뛰어다닌다. Mystery다.

Father의 몸 속에는 Infinity 방귀 동력이 존재한다. 정말 Mystery하다.

뿌빌 뻥

Any question? 정다운군?

우리집 Kitty는 왜 꼭 그런 식으로 Sleep 하는지 정말 Mystery다.

문작 위

선생님의 가족도 미스터리가 있나요?

내가 먹은 건 밥 한 공기인데 설거지는 잔뜩 쌓여 있다. Mystery다.

Of course!

오오!!

94. 수첩

내가 열두 살쯤이었을 거야.

마이클. 다락방에 가서 작은 상자 하나만 가져다주겠니?

신기해!

지난 옛일 모두 기쁨이라고 하면서도♬♪♩

유재하 지난날

엄마의 부탁으로 다락방으로 갔는데……

엇. 이건 뭐지?

수첩……!

아빠의 유품!

이미자

!!

마이클

레코드판도 있어. 어느 나라 글씨지?

만화??!!

아빠 유품이 만화라니?!

95. 마이클

글자가 있는데 무슨 뜻인지 모르겠어.

응. 아빠가 한국에서 가지고 오신 건데

캐릭터 설정 같은데 아빠가 그린 건 아닐테고. 누가 그린 걸까?

한국에서 만화가를 만나셨대. 그분이 그린 그림일 거야.

만화가?!

이거. 사인 같은데……?

1999. 5. 25.
Sutaek Lee

감사합니다

ㄱㄴ

대박

쩐다

내가 한국말을 공부하기 시작한 건 그때부터였지.

엄마. 이거 뭐야?

한 달쯤 되었을까. 드디어 만화 캐릭터의 이름을 알아낼 수 있었어.

마!이!클!

마이클

164

엄마! 이 캐릭터 이름이 내 이름이랑 비슷해!

와우!
멋진 물건
이네!
나 횡재
했어!

포커 같은
건가?

행운이구나
마이클.

사진

아버지는 남대문시장에서 가방 장사를 오래하셨다.
한동안은 지하상가에서 장사를 하셨는데
아마도 그때 찍은 사진인 것 같았다.
오래된 가족 앨범에서 찾은 흑백 사진 한 장에는
젊은 시절의 아버지께서 큰누나를 안고 활짝 웃고 계셨는데
큰누나의 나이를 대충 따져 보았을 때
나는 아직 세상에 없었거나 막 나오려고 할 때인가 싶었다.

어느 컬러 사진에서 아버지는 마이크를 들고 계셨다.
우리 아버지는 흥도 많으시고 나름 동네에선 가수이신데
노래방 기계가 처음 나왔을 때 바로 사가지고 오셔서
집에서 마이크를 들고 노래를 부르던 사진이 남았다.
아버지 본인은 잘 모르시는 것 같던데
노래를 부르실 때면 고개를 한쪽으로 까딱까딱 하시고
딱 그 장면이 사진에 남아 있었다.

노래방 기계가 집에 들어오던 때는
당연히 나도 이 세상에 존재하던 시절이었고
그 기계가 들어오던 장면도 또렷하게 기억한다.
생각해보니 지금의 나는 사진 속에서 고개를 한쪽으로 기울이고
무슨 곡인지 아무튼 감정에 푹 빠져 노래를 부르시던 아버지보다
열 살 정도는 더 나이를 먹은 어른이 되어 있다.

우리 삼남매는 모두 같은 초등학교를 나왔다.
나이 터울이 있으니 셋이 같이 다닌 기간은 길지 않았지만
초등학교 교문 앞에서 셋이 함께 찍은 사진도 보인다.
나는 어머니께서 뜨개질로 떠주신 바지에
커다란 방울이 달려 있는 털모자를 쓰고 있는데
언젠가 누나들이 입었던 옷을 풀어서 다시 뜬 것이리라.

내가 신혼여행을 갈 때만 해도 필름 카메라였지만
아이를 키울 때는 디지털 카메라가 나왔고
이젠 스마트폰이 있으니 따로 카메라를 챙길 일도 없어졌다.
사진을 바로 찍어서 주고받는 것은 편하고 좋은 일이지만
전처럼 사진을 골라서 남기는 일은 없어졌다.
아이가 어렸을 때는 가끔은 인화를 해서 앨범도 만들고
어디 나가서 피아노라도 치면 액자에 넣어 걸어두기도 했지만
그것도 다 옛날이야기가 되어버렸다.

사진의 쓰임새가 달라졌다.
예전에는 기억을 남기고 되새기는 역할이었다면
요즘은 바로 이 순간을 공유하는 수단이 되었다.
말로 하는 것보다 사진 한 장을 보내는 것이 빠르고
지금 느낀 감정을 바로 나눌 수 있으니 나쁘지 않다.
오늘은 내가 앨범 속에서 아버지 사진을 찾고,
언젠가는 내 아이가 클라우드에서 내 사진을 찾고,
세상은 그렇게 흘러가고 있다.

96. 결심

사인한 이름은 수택 리.

아빠가 한국에서 만화가 수택 리 님에게 받은 선물인가 봐.

그날 이후 나는 한국 문화에 더 빠져 살았어.

매일매일 한국의 역사와 문화들을 배워 나갔지.

엄마도 내 활동을 응원하셨어.

우리 아들 좋아하는 것이 생겨서 엄마는 참 기쁘구나.

그리고 결국 나는 결심했지.

Mom.

왜, 마이클?

저 한국으로 갈래요.

······

그래, 마이클. 정말 잘됐구나. 엄마는 항상 널 응원한단다.

Thanks, Mom.

아빠에 이어 아들도······

이제 나 혼자인 건가.

이 Notebook이 우리집의 Mystery란다.

인터넷에 안 나오는데……

마이클 선생님. 그 수첩 봐도 돼요?

Sure! 회장 미림양.

나도 검색해봤는데 not famous인 것 같더라고. Address라도 있으면 찾아빌텐데……

와. 신기해. 무려 30년 전 그림이야.

다운아. 우리 이 만화가분…… 같이 찾아볼래?

응?

나, 나랑?

이수택 작가가 누구지? 검색해보자.

왜……?

왜긴 왜야. 선생님이 말씀하셨잖아. 복잡하고 Mystery한 상황을 푸는 게

인생이라고.

98. 신뢰도

학교 일 때문에 그동안 이 Mystery를 풀지 못했는데

아빠의 상자에 들어 있던 내용물은?

제자들이 대신 그 일을 해준다니 정말 기쁘구나.

어쩌고?

저쩌고?

마이클 선생님의 아빠는 한국의 어디에 주둔하고 계셨어요?

오오!!

아빠가 자주 보시던 만화는 뭐였죠?

나 이 캐릭터들 알아!

나의 Mystery 해결 신뢰도 100%!

마이클 아빠의 이름은 조나단 리.

그렇다면 조나단은 한국의 만화책을 구하러 이곳 저곳을 다니시지 않았을까?

1990년부터 용산 미군기지에 계셨어.

만화와 관련된 곳에서 만화가 이수택씨를 만났다?

조나단의 취미는 만화책 모으기.

점점 근접해 지고 있어!

서점에서 만났다?

만화방에서?

군 동료 소개로?

집에 마블과 디씨 코믹스를 꽤 모으셨대.

이 노트. 그냥 길거리에서 주운 것일 수도 있잖아!?

!!!

아~ 형!! 시나리오가 거의 성립됐는데!!

탐정들이라면 책상에 앉아 머리만 굴리기보다는

와. 동네 자체가 골동품 같네.

직접 현장을 찾아봐야지.

현장요?

와. 오늘만큼은

옛날 게임기를 좀 찾으러 황학동에 갈 생각인데 같이 갈래?

황학동!?

명탐정 코난.

하이바라가 아니야.

그곳에는 중고서점도 많아서

운 좋으면 이분의 만화책을 발견할 수도 있을 거야.

오!

인디애나 존스와 툼 레이더!

물건

왜 그러셨는지는 모르겠지만
어려서 우리 집에는 자기 그릇이나 수저가 정해져 있었다.
어머니는 같은 그릇이라도 색이나 무늬가 다른 것을 구해서
각자 자기 식기를 정해서 그것으로만 먹고 치우게 하셨다.

어떤 뜻이 있어서 그러셨는지는 모르겠지만
내가 어렸을 때로 본다면 남다른 방침이었던 것 같다.
친구 집에 가보면 자기 물건이 정해진 경우는 보기 어려웠지만
하다못해 우리 집 식탁에는 각자 앉는 자리도 정해져 있었다.

어려서 그렇게 커서 그런 것인지
아니면 원래 그런 성격이라 그게 잘 맞았는지는 모르겠지만
지금도 나는 내 물건이나 내 공간에 대한 애착이 크다.
그렇다고 뭐 대단한 물건을 고집하는 것은 아니다.
그저 내 물건이라고 정해지고 함께하는 시간이 오래되면
왠지 애틋한 마음이 생긴다고 할까?

언젠가 아내가 비싸다면 비싸다고 할 수 있는
어딘가 영국을 떠올리게 하는 컵들을 세트로 산 적이 있었다.
도자기 분위기에 그림이 그려져 있었다고 해야 할까?
모두 네 개인가 하는 커다란 컵이 집에 왔기에
그중에 하나를 내 것으로 정했다.

예쁜 컵이었고 우리 집에선 제법 비싼 컵이었지만
원래 예쁘고 비싼 것들이 그렇듯 잘 깨졌다.
하나둘 컵이 깨져 나가더니 이제는 내 컵만 남았다.
내 컵도 손잡이 쪽에 금이 가고 있어 위태로운 상태다.
나는 가능하면 식구들 눈에 띄지 않게 찬장 깊숙한 곳에 두지만
설거지가 밀린 날이면 그 컵이 식탁 위에 나와 있다.

내 물건과 내 공간에 대한 생각이 크지만
누가 내 컵 썼다고 뭐라고 하지는 않는다.
조용히 컵을 씻어 서둘러 말리고는
좀 더 깊은 곳으로 밀어넣어 두기는 하지만.

우리 집에는 도넛이 그려져 있는 플라스틱 접시 두 개가 있다.
하루에 한두 번은 꺼내어 자주 쓰는 접시다.
원래는 작은 바구니까지 있는 피크닉 세트였다.
언젠가 아이가 어렸을 때 도넛 체인점에서 샀고
한동안은 식기보다는 소꿉놀이 장난감으로 쓰이다가
지금은 접시 두 개에 포크와 수저가 각각 하나씩 남았다.

도넛 체인점의 이벤트 상품이라 공들여 만든 것은 아닌 것 같았고
우리도 아이 때문에 산 것이지 식기로 큰 기대를 하지는 않았는데
색이 좀 바래지고 금도 좀 갔지만 여전히 현역으로 뛰고 있다.
어쩌면 그때 도넛 체인점에서 선보인 수많은 친구들 중에서
유일하게 남아 있는 접시 두 개가 아닐까 하는 생각까지 해보면
이 세트에서는 특별히 내 물건을 정하지는 않았지만
십 년이 훌쩍 넘는 세월을 견뎌온 것이 어딘가 대견하고 애틋하다.

와~. 아무리 찾아봐도 이수택님의 만화책은 보이질 않아.

실존인물 맞아?

만화방 3F

어. 저기.

인터넷으로 검색해 보긴 했어?

야. 만화방이 아직도 있네. 들어가볼까?

응. 있더라고.

진작에 얘기하지! 있는데 왜 이곳까지 따라와서 뒤진 거임?

헐. 너무 컴컴해.

영업 안 하나 봐.

동명이인이거든. 젊디 젊은 웹툰 작가더라고.

아……

둥

헉!!

무슨 일인가?

저… 저기……
만화책을 좀
찾아보려고요.

1990년대 활동하셨던 이수택…
이라는 만화작가님인데요.

어.
수택이~?

맘껏 찾아. 찾으면
그냥 가져가.

네?

수택이~!!

성을 빼고 이름만
부르신 걸 보면
혹시 지인?

어차피 만화방
접으려고 했거든.

아…….

우리집 강아지
이름이 스택이지.

헉. 헛다리!

어떤 만화를 찾으려고 하는데?

그 강아지 이름은
그 만화작가 이름을
딴 거고.

오오……!!
숨은 반전이!

두둥

이수택 작가, 내가 아주 잘 알지.

그 그림체 맞죠?

응. 맞아. 내가 만화방 하기 전에 중고서점을 했었는데

중고서점 안에 있으면 왠지 군중 속의 고독이 느껴져.

박씨! 만화 새로 들어온 거 있어?

뭔 북극곰 사우나 하는 소리여?

가게 찾아온 걸 보니 마감이 끝났나 보군.

스토리가 가득한 이 책방의 단골임에도 불구하고

제대로 된 스토리 하나 못 만들고 있으니까 말이야.

응. 끝났지. 영원히.

이런. 잘린 거여?

응.

군중 속의 고독. 내가 말했지만 비유 멋지군.

만화가 말고 시인으로 살아갈까.

104. 만화가

이수택 작가는 원래 화가였어.

주한미군 가족 그림

그 순간 이작가는 창작의 불꽃이 활활 타올랐지.

이거야! 히어로! 나도 우리나라에 맞는 명랑 히어로를 만들겠어!

그러다 만화를 접하면서 마음을 바꿨지.

아…… 만화가는 정말 멋진 직업 이야! 스토리와 그림을 모두 섭렵하잖아!

그렇게 이작가는 만화가로서 큰 꿈을 품고 첫발을 내디디며 작품을 시작했어!

툭

그렇게 만화가가 되기를 꿈꾸던 어느날. 이작가는 진짜 만화의 신세계를 발견하게 되지.

어, 박씨. 이거 뭐야?

그대로 베끼면 돼. 마감은 이번 달 말까지.

일단은 돈이 필요하니…….

일본 만화

응. 미국 만화. 마블이라는 출판사에서 만든 건데 미군부대서 흘러온 거야.

X-MEN

모작 작가. 만화가의 첫발이었어.

괘, 괜찮아!

모작은 창작의 어머니…니까!

만화가의 노동력은 정말 장난이 아니야……

오잉?

?

기분 전환도 할 겸 박씨네 중고서점에서 책이나 둘러보자.

박씨! 뭐 괜찮은 거 안 들어왔어?

I found it first.

뭔 소리야. 내가 먼저 발견했어!

오오! 새로운 마블코믹스!

주한미군 조나단과 이작가는 그렇게 만화책 한 권 때문에

척 척

순식간에 마음이 통하는 사이가 됐어.

Korean Cartoonist?

마블코믹스 덕후란 말이지?

집에 한국 만화도 많은데, 빌려줄까?

만화책1

만화책만 한 것이 없었다.

우리 어렸을 때는 말이다.

지금과는 사뭇 다른 시절이었다.

TV 채널은 서너 개인데 그것도 가족이 함께 보니

어린이에게 허락되는 시간은 한두 시간 정도다.

달마다 나오는 잡지에 실리는 연재만화와 그것을 모아서 나오는 단행본,

만화방에 가서 보는 대본소용 만화들이야말로

우리들 어린 시절에서 반짝반짝 빛나는 것들이었다.

우리는 늘 만화책을 기다려야 했다.

연재만화를 보려면 다시 한 달을 기다려야 했다.

모두가 잡지를 살 수 있었던 것은 아니었으니

누군가 잡지를 들고 오기를 기다려야 했다.

단행본이 언제 나오는지는 아무도 알지 못했다.

때때로 서점과 문방구에 들르며 기다릴 뿐이었다.

만화방에 가려면 기회를 노려야 했다.

그 당시 어른들은 만화방에 가는 것을 싫어하셨으니

몰래 가건 허락을 받고 가건 간에 일단 기회가 필요했다.

만화방에는 만화책 말고도 군것질거리가 잔뜩 있어서

만화를 보면서 이것저것 난로에 구워 먹다 보면

감히 '이런 게 사는 재미구나' 소리도 나오는 것이었다.

물론 용돈이 두둑해야 그 재미를 온전히 느낄 수 있었지만 말이다.

가끔 잡지에는 만화가 인터뷰나 작업실 풍경이 실리는데
어딘가 만화가 느낌의 모자를 쓴 아저씨가
펜으로 잉크를 찍어 만화를 그리는 모습을 보면
그게 또 그렇게 멋있어 보일 수가 없었다.
지금 나이에 만약 그 사진을 다시 본다면
일하느라 고생하는 모습으로 보이겠지만 말이다.

만화가가 되고 싶어 하는 아이들도 많았다.
좋아하는 만화를 따라 그려보는 것은 시작이고
나름 자기가 짠 이야기로 만화를 그려보기도 하지만
여러 재능 중에서 그림 쪽은 사뭇 냉정한 것이어서
누가 뭐라 하지 않아도 자기가 먼저 알게 된다.
이런 그림으로는 어림도 없다는 걸 말이다.

어느 만화가 선생님의 부고 기사를 보았다.
만화를 기다리던 어린아이가 이렇게 어른이 되었으니
만화가 아저씨들이 할아버지가 되는 것은 당연한 이치겠지만
한 번도 만난 적이 없지만 매달 기다리던 정이 쌓여서
아주 가까운 분의 부고를 들은 것처럼 기분이 먹먹해졌다.
그 만화가 선생님은 돌아가시기 전에
병석에 누워 있는 자신을 그리셨고
곁에서 울먹이는 자기 만화의 주인공들과 인사를 나누셨다.
우리 어린 시절에 최고의 순간을 선물해주셨던 분답게
마지막 순간까지 어쩔 수 없는 만화가셨다.

나랑 같이 작업 어때? OK?

107. 주인공 이름

그후 둘은 내 중고서점을 아지트 삼아 창작에 몰두하기 시작했어.

캐릭터들이 마블 것 같다.

당연하지. 마블이 목표니까.

옹기종기

하지만 뉴욕 배경은 포기 못 해!

그럼 뉴욕으로 유학간 한국인 으로 할까?

'미르'의 약자 M을 가슴에 달고…….

이런 캐릭터는 새롭지 않아. 마블 캐릭터는 대부분 북유럽 신화를 쓴다. 이번에는 한국을 소재로 하자.

그렇게 작품의 세계관을 만들어 갔어.

바다 표류 중 신라에 도착한 유럽인/금강역사 소환
무기는 만파식적
미국으로 가서 히어로로 활동

엥? 우리나라 이야기로 마블 스토리를? 너무 어색한데…….

이제 그런 시대 올 거다. 믿는다.

아이언맨은 토니 스타크. 스파이더맨은 피터 파커. 다들 본명이 있잖아.

미르맨은 본명을 뭘로 하지?

……

티격태격

경주 문무왕 수중릉에 잠들어 있는 용의 기운을 받고 태어난 미르맨! 어때? 무기는 만파식적!

헐~. 너무 이상해.

마이클.

185

마이클 리!

마이클 리. 조나단의 아내가 곧 출산할 아들의 이름이었어.

마이클 리. 좋다. 미국인 이름에 한국인 성. 캐릭터와도 잘 맞아.

그럼. 지금까지 만든 만화 설정 수첩을 가지고 가. 이거 보고 힘 받아서 스토리 써.

땡스. 수택 리!

우리 영어선생님 이름! 그래서 이 캐릭터 이름이 마이클이었군!

마이클

그렇게 다시 한국에서 만나기로 했는데. 조나단은 다시 못 올 휴가를 맞이하게 되지…….

왜요?

그러던 어느날.

나 휴가중에 가족들 보러 잠시 미국으로 귀국한다.

이제 곧 집에 도착한다.

꾸벅

TEXAS

부앙

귀국? 언제 돌아오는데? 만화 스토리가 완성 안 됐는데 …….

일주일이면 돌아온다. 미국에서 스토리를 더 짜서 오겠다.

Oh my G……!!!

끼이

쾅!!!

109. 면회

조나단 오늘도 안 왔어?

응. 안 왔어.

열흘이 넘었는데 왜 아직도 안 오는 거야?

혹시 만화 작업을 포기한 건가?

15일… 20일… 시간이 갈수록 이작가는 온갖 안 좋은 상상을 했어.

다른 만화가를 찾으러 간 거 아냐?

내가 마음에 안 들어서?

내 실력이 마음에 안 들면 안 든다고 솔직히 얘기할 것이지!

연애 밀당하는 것도 아니고!

이건 아니다 싶어 결국 그를 찾아가기로 했지.

조나단 리. 면회 왔습니다. 저는 친구 이수택이라고 합니다.

조금 기다렸더니 결국 그가 왔어!

Mr. Lee?

잠깐. 조나단이 아니잖아. 누구지?

조나단은 미국에서 교통사고로 사망했습니다.

I'm sorry……, Mr. Lee.

110. 불씨

흐흑……! 흑!

미안해. 조나단! 오해해서 미안해!

이해와 포용, 사랑과 평화를 전파하는 그런 히어로!

주인공을 아들 이름으로 한 건 아들이 미국과 한국을 연결해주는 역할을 했으면 해서야.

곧 태어날 우리 아들도 그런 사람이 될 거야!

서로 다른 문화를 이어주는 다리 같은 역할.

걱정 마, 조나단. 내가 만화를 완성할게.

단절과 증오, 그리고 혐오를 조장하는 악인을 처단하고

이수택 작가는 미완의 작업에 살을 붙여 본격적인 만화 작업에 들어갔어.

화르르

그 열정은 정말 대단했어!

만화책2

제목도 기억이 나질 않는데
유독 몇 장면이 또렷하게 기억나는 만화가 있었다.
주인공이 악당을 추적하기 위해서 서커스단에 들어갔던가?
원래 칼을 잘 던지던 주인공이었지만
서커스단에서 묘기로 칼을 던지는 깃에는 서툴러서
고무 막대 같은 것으로 연습을 하면서
힘을 빼서 던지라는 이야기를 듣는 장면이 있었다.
가장 인상 깊게 기억한 장면은
만화에 나오는 누군가가 철창에 갇혔는데
일부러 어깨를 빼서 빠져나오는 장면이었다.
아마도 어린 나이에 어깨뼈를 탈골하는 과격한 묘사가
뭔가 좀 강하게 남았지 싶다.

옛날 만화책을 추억하는 카페에 가입하게 되었다.
혹시나 하는 마음에 주인공이 서커스단에 들어간다는 것과
어깨뼈를 탈골해서 탈출한다는 것을 물어보았더니
바로 그 만화가 무엇인지 찾아주는 고수가 계셨다.
재미있는 것은 내가 그것을 묻기 전에도
여러 번 그 만화를 물었던 분들이 계셨다는 것인데
비슷한 시기에 비슷한 추억을 공유하며
무엇보다 비슷한 의문을 품고 살아온 셈이다.

옛날 만화책을 추억하는 카페에서는
기억의 조각을 맞추는 일이 자주 벌어지곤 한다.
누군가 작은 기억을 떠올리면
다들 자신들의 기억을 더해 나가고
잘 쌓여 나가던 기억들이 서로 어긋나기 시작할 때면
고수들이 등장해서 바른길로 인도해준다.
간혹 그때 그 책을 소장하고 있는 분이 계셔서
몇 장이라도 구경을 하는 날이면
잠깐이라도 수십 년 전의 소년소녀가 되어보는 것이다.

다행히 원고나 만화책을 찾게 되어서
복각판이라고 다시 출판을 하는 기회가 있기도 하지만
옛날 책 그대로를 보고 싶어 하는 사람이 있는가 하면
요즘 식으로 좀 다듬길 원하는 사람도 있어서
추억을 되찾는 일이 술술 쉽게 풀리지만은 않는다.

또렷하게 장면을 기억한다고 생각한 만화였지만
정작 그때 그 장면을 눈으로 보니
내 기억과는 사뭇 다른 그림들이 있었다.
아마도 어린 마음에 인상 깊게 새겨진 기억을 씨앗으로
수십 년 동안 때때로 떠올리면서
상상이 더해지며 그려진 나만의 장면이었나 싶다.

추억의 원작을 내 눈으로 확인했고
내 상상을 더한 나만의 한정판도 기억하고 있어
추억이 두 배가 되니 이것도 나쁘지 않다.

이작가, 정신 차려!

112. 여행

급한 마감도 아닌데 왜 이리 애쓰는 거야.

모르겠어. 내가 왜 이렇게 집중하는지.

그래도 힘 내서 마무리지을 거야! 조나단도 그걸 바라겠지!

몇 개월이 흘렀어.

어. 이작가. 작업 진척은 좀 어때?

그럼 그럼! 건강 잘 챙겨가며 하면 꼭 좋은 결과 있을 거야!

이제 절반이 끝났어.

고생 많구먼.

머리를 식힌다며 잠시 여행을 다녀온다고 하더군.

만화가란 참 힘든 직업이야……

그런데 혼자 작업하기가 참 힘드네. 조나단의 공백이 이렇게 클 줄은 몰랐어.

내게 영감과 힘을 준 사람이었는데.

그러고선 이수택 작가와는 연락이 끊겼어.

네?

집까지 이사를 했더라고.

113. 단서

여기저기 수소문해봤지만 이작가의 소식은 듣지 못했지.

만화가 이수택님을 찾습니다. 조나단 리라고 하는 미국인과 아는……

탁탁탁

왜 갑자기 이수택 작가님이 사라지셨지?

결국 만화의 완성 여부도 미지수……

그의 아들 마이클 리가 만화가 이수택님을 찾습니다……

탁탁탁

미림아, 뭐해?

이 잡지에 만화 카페들 주소들이 있어. 혹시 도움이 될까 해서.

찰칵 찰칵

그로부터 수 개월 후

어쩜 이리도 댓글 하나 안 달리냐.

벌 렁

결국 원점인가……

인터넷 만화카페에 글을 올려보면 이작가님의 정보를 찾을 수 있지 않을까?

미림아, 뭐 좋은 소식 없어?

응. 없어……

이제 포기해야 하나…….

어머, 어머! 조나단 리랑 수첩에 대한 이야기도 있네?

아~함! 다 끝났다!

!!!

다운아! 메일이 한 통 왔어! 보내줄게.

오옷! 뤼얼리?!!!

네, 꺼벙이님! 네? 만화카페에 아빠를 찾는 글이 있다고요?

안녕하세요. 저는 만화가 이수택님의 딸 이유정이라고 합니다.

!

빙고!!

115. 완전체

조나단!

조나단!

자, 이거. 수첩.

!

조나단!

수택 리!

왜 이제 나타난 거야! 걱정 많이 했잖아.

수택 리. 미안해. 많이 기다렸지.

우리의 만화가 드디어

완전체가 되었구먼!

Thank you, Michael!

만화책3

그분은 돌아가신 아버지의 다른 이름을 묻고 있었다.
아버지가 쓰던 필명으로 아버지를 찾고 있었다.
아버지가 한 번도 보여주지 않았던 만화가의 모습을 말이다.

그분의 아버지는 만화가였다고 한다.
아버지가 만화가였다는 이야기만 누군가에게 들었을 뿐
당신의 입으로 만화가였던 이야기를 하신 적은 없었고
당연히 아버지가 그렸던 만화를 볼 기회도 없었다.

아버지가 돌아가시고 나니 부쩍 그 생각이 떠올라
어머니에게 전해 들었던 아버지의 필명을 묻게 된 것이다.
나도 그랬고, 처음 듣고 바로 떠오르는 이름은 아니었다.
필명의 느낌으로 보아 우리 어린 시절의 만화가들보다는
좀 더 앞 세대의 만화가인 것 같았다.

늘 그랬듯이 고수들이 돌아오자 수수께끼가 풀렸다.
돌아가신 아버지는 필명으로 활동을 하셨고
만화로는 생활이 되지 않아 만화가 생활을 그만두고는
직장을 찾아 생활인으로 새 인생을 살게 된 것이었다.
고수들이 기억하는 아버지가 만화가를 은퇴한 시점이
대략 자식들이 태어난 때와 맞아떨어지고 있었다.

아버지의 팬이었던 고수가 등장했고
소장하고 있던 아버지의 만화책이 모습을 드러냈다.
지금 기준으로 봐도 힘이 넘치는 만화였다.
고수의 설명으로는 잘 알려진 만화가는 아니지만
특유의 그림체를 좋아하는 소수의 팬들이 아직까지 남아 있고
계속 만화를 그리셨다면 어땠을까 생각한다고 전했다.

아버지가 만화가였다는 것을 끝내 침묵했다는 것은
그만큼 두고 온 만화에 애착이 남았기 때문은 아니었을까?
또는 지금 살아가는 길에 충실하려는 의지였을 것이다.
머리가 희끗해진 자식들이 아버지의 흔적을 찾는 것을 보면
적어도 자식들에게는 잊을 수 없는 아버지로 살아오셨으리라.

부모님의 삶을 들여다볼 기회는 많지 않다.
어려서 기억하는 조각들을 간직하고 있다가
내가 부모가 될 때쯤 그 조각들을 떠올리며
비로소 부모님의 삶을 짐작해볼 뿐이다.

만화가는 더 이상 만화를 그리지 않았지만
누군가는 그 만화의 다음 이야기를 기다리고 있었다.
누군가는 그의 만화를 오래도록 간직하고 있었다.
수십 년 전의 만화책이 한 만화가의 삶을 증명한다.

116. 위기

그런데 왜 갑자기 사라지신 거예요?

응. 그거…….

아빠!

아아. 겨우 그린 만화인데……!

머리를 식히고자 여행을 갔는데, 그때 눈이 급속히 나빠졌다는 걸 알게 됐지.

어라? 왜 이러지?

작업이 더 이상 가능하지 못한 상태까지 이르렀지.

젠장! 안 보여. 도저히……!

그래서 병원에 가보았더니

급성 백내장입니다. 조금 더 늦으셨으면 실명하실 뻔했어요.

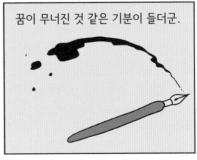

꿈이 무너진 것 같은 기분이 들더군.

수술 회복 이후에도 어떻게 하든 작업을 진행하려 했는데…….

엇!

무엇보다 조나단과 나를 도와준 중고 서점 박씨에게 너무 미안했어. 결국 나를 이기지 못하고 …….

괴로움에 못 이겨 그곳을 떠나게 되었지.

117. 만화는

마이클. 너무 미안하네. 자네 아버지에게도.

만화는 비록 완성되지 않았지만 수택 리와 나의 Father 조나단의 또 다른 스토리가 생겼잖아요.

It's not your fault. 당신은 최선을 다했어요.

만화는……

?

그리고 당신을 만나서 너무 기뻐요. 아버지도 하늘에서 좋아하실 거예요.

무엇보다 이 수첩의 사연을 알게 돼서 더 기쁘고요.

완성되었다네.

!!!

118. 만화의 완성

와. 너무 멋져! 퀄리티 장난 아님!

시력을 잃으셨는데…… 만화를 어떻게 완성하신 거죠?

저 혼자 다 완성하기 어려워 동료 만화가들과 함께 후반 작업을 마칠 수 있었어요.

나머지는 제가 작업했어요.

Huh?

물론 쉽지 않은 과정 이었지만요.

Holly cow!!

저도 만화가 거든요.

Wow!!!

어때?

저도 아버지처럼 만화가가 꿈이었어요. 아버지의 사연을 듣고 언젠가는 커서 못 다 이룬 꿈을 완성시켜드리고 싶었죠.

괜찮게 만들어진 것 같아?

It's

gorgeous!!

고마워, 조나단!

어. 잠겼네.

쩔꺽 쩔꺽

헐. 역시 이사가셨나 봐.

아. 연락처 받아놓을 걸!

Father의 꿈이 드디어 이루어졌어요!

……

동호회 회원들이 많이 도와줬어요.

이러다 진짜 미국 진출하는 거 아녀?

ㅋㅋ

할아버지!!!

여긴 또 웬일이여?

탐정 작업에 진척이 있는 거여?

120. 득템

바로 옆 사무실에서 작은 PC방을 운영중이야.

와. 컴퓨터가 가득하네요.

예전 사무실 물건들…… 괜찮은 거 있으면 가져가도 되나요?

그럼! 어차피 다 정리할 예정이거든!

득템 성지순례 하러 왔구먼! ㅋㅋ

아뇨. 실은 책을 드리려고 왔어요.

책?

박씨!

?!!

아이고 이게 누구야! 이작가!!

둥

박씨. 미안했어 갑자기 사라져서 …….

연락이라도 한번 하지 그랬어~!! 그동안 어떻게 지낸 거야? 어쨌든 반가워!

이거…….

어허! 세상에! 이작가가 결국 해냈구먼!

역사적인 득템이여!!

오오! 레어템! 80년대 게임 소프트웨어가!!!

나도 득템~!!!

가족

언젠가 누나가 갑작스레 집을 비우게 되어서
누나가 두고 간 짐들을 정리하게 되었다.
한동안 가까운 곳에서 살기는 했지만
명절 때 부모님 댁에서 볼 일이 더 많았지
서로 집에 들러볼 일은 거의 없었다.

누나의 짐들을 정리하다 놀랐다고 할지
아니 좀 뜻밖이었다고 느낀 것이
비디오테이프들을 사서 모아둔 것이었다.
그때는 아직 비디오 대여점이 남아 있던 때였는데
대여점용 비디오들을 여럿 사서 가지고 있었다.
아마도 좋아하는 영화들을 다시 보기 위해서였을까?

일반적인 영화들도 있었지만
작가주의 영화라고 할지 특이한 영화들도 있었다.
누나는 어떤 디테일에서 고집을 부리기도 했는데
영화 취향에서도 그런 고집이 느껴지다가도
그 옆에 정갈하게 정리되어 있는 아이돌 음반을 보니
내가 아닌 남을 아는 것은 쉽지 않다 싶었다.

함께 사는 가족이라도
때때로 낯선 타인의 취향을 볼 때는
이런 면이 있었나 싶기도 하는 것이다.
가족에게 타인이라고 한다면 정 없어 보이겠지만
내가 아니니 타인의 삶인 것은 분명하다.

타인의 삶을 온전히 이해하는 것은 불가능하다.
이해하려고 애쓰는 것보다는
인정할 것은 인정하고
잘 모르겠는 것은 다음에 생각하는 정도가 적당하다.
타인과의 관계에서 평화만큼 중요한 것도 없으니까.

가족이란 서로에게 특별하지만
그 특별함을 서로에게 강요하기 시작한다면
타인의 시선보다 더 지독한 무언가가 되어버린다.
적어도 집에서는 평화롭다면 좋겠다.
적어도 가족끼리는 타인의 시선에서 해방되면 좋겠다.

정체를 알 수 없는 질병이 온 세계에 퍼져 나가고
거리에서 마주치는 수많은 타인을 경계하던 시절을 지나니
가족이라는 특별한 타인이 새삼 애틋하게 다가온다.
기댈 수 있는 누군가가 있다는 것은 감사한 일이다.
지금 이 순간을 함께 지나는 것만으로도 의지가 된다.
그렇게 오늘 하루를 견디고
그렇게 또 다른 하루를 기다린다.

《비빔툰》이 '시즌2'로 돌아오고 세 번째 책이 나왔습니다. 제3권에 서는 코로나19 시대의 풍경으로 시작하는 것이 눈에 띕니다.

 '시즌2' 제1권을 작업할 때 대유행이 시작되었고, 제2권을 낼 때 도 여전히 코로나19의 영향권 아래에 있었죠. 사소하게는 등장인 물들이 마스크를 써야 할까를 놓고도 고민을 했었지만, 코로나가 일상을 위협하는 때이니 만화에서라도 일상을 이어가자는 생각을 했습니다. 제3권에서는 코로나로 인해 우리가 겪어야만 했던 변화를 다루었는데요, 그래도 비빔툰 세상이니만큼 가능하면 긍 정적으로 보고자 했습니다.

 재택근무를 하느라 집에 있으면서 생기는 이야기들로 시작했죠. 보통 방학이 되어 아이들이 학교에 가지 않는 정도만으로도 인구 밀도가 높아져 마음고생들을 했었는데, 이번에는 온 가족이 집에 갇혀 일도 하고 공부도 해야 하니 집마다 나름의 스트레스로 고생 들을 한 것 같습니다.

집에 있어서 답답한 것도 있지만 밖에서 만났거나 스쳐 지나가던 수많은 사람들을 두려워해야 한다는 스트레스가 우리를 괴롭혔던 것 같습니다. 누가 기침이라도 하면 다들 신경이 곤두섰으니까 말이죠. 지금이야 조금은 여유 있게 돌아볼 수 있지만 한창 코로나가 유행하던 때에는 보이지 않는 두려움, 미지의 대상이 주는 공포, 일상적인 행동마다 걸리는 제약 등이 겹쳐 압박감이 대단했지요.

 코로나 대유행은 모두가 공유하는 뚜렷한 지층으로 남을 것입니다. 지금까지 세대가 공유하는 경험들이 있었잖아요. 우리 세대에게 IMF의 공포가 남아 있다면, 지금 세대에겐 코로나의 공포가 전해지겠네요.

 저는 연재만화를 여럿 그리기 때문에 이런저런 회의가 있었는데 코로나를 거치면서 대부분 줌 회의로 바뀌었습니다. 처음에는 어색했지만 나름 적응이 되었고, 회의라서 집을 나서는 수고가 줄어드니 이제는 줌 회의가 더 편하게 느껴질 때도 많습니다.

 마스크 쓰는 것이 편하다는 사람들도 제법 있더라고요. 처음에는 너무 답답했는데 지금은 마스크가 왠지 나를 보호해주는 기분이 들잖아요. 바이러스도 막아주지만, 사회적 시선으로부터 숨을 수 있는 방어막이 생긴 것 같은 기분이 들고요. 면도를 하지 않거나 화장을 하지 않아도 마스크가 있으니 편하게 다닐 수도 있고요.

직장인 중에서도 계속 재택근무를 하고픈 분들이 제법 된다고 들었습니다. 처음에는 회사에 나가지 않는 것이 직장이 없어지는 것처럼 느껴져 불안했는데, 이제는 다시 회사에 나갈 생각을 하니 답답하다고 하네요. 갑자기 들이닥친 코로나가 남긴 파문이 한동안 우리 사회 곳곳으로 퍼져 나갈 것 같습니다.

 키오스크로 주문받는 것도 코로나를 타고 순식간에 퍼져 나갔죠. 그전에는 사람 일자리를 없애면 안 된다거나, 주문에서 소외되는 사람이 생길 수 있다거나 하는 이유로 도입에 소극적이었지만, 이제는 대세가 되어 예전으로 되돌아가진 않을 것 같습니다.

 저는 아직도 키오스크 주문이 불편해요. 주문하다가 조금 지체되면 뒤에서 느껴지는 압박감도 별로고, 아직까지는 사람에게 주문하는 게 좋은데 요즘은 확실히 사람이 주문받는 곳이 많이 줄어들었어요.

 동훈이네 할머니께서 키오스크 앞에서 고생하시는 장면이 나오죠?

 할머니께서 햄버거를 드시는 게 리얼리티가 있을까 살짝 고민하기는 했습니다만……

키오스크가 아니더라도 여러 매장들에서 노인들이 오는 것을 그리 반기지 않는 것도 사실이죠. 어쩌면 키오스크가 노인들을 거부하는 역할을 자연스럽게 떠맡은 것인지도 모르겠고요, 아니면 어르신들이 능숙하게 키오스크를 다루며 역습에 나설지도 모르겠고요. 지금도 유튜브 사용자 통계를 보면 초등학생과 어르신들이 점유율에선 양대 산맥이라는 얘기도 들었습니다.

 제가 외국에서 지낼 때 보면 패스트푸드나 카페 같은 곳에 나이 지긋하신 분들이 모여 한가한 시간을 보내는 모습이 자연스러웠습니다. 우리 모두는 언젠가 노인이 되기 마련인데, 이미 경로당에서 바둑 두는 이미지에 노인들을 가둬둘 수는 없는 시대가 되었습니다. 노인과 다른 세대를 대립시킬 것이 아니라 우리 자신의 미래를 대비한다는 관점에서 노인의 지위를 바라볼 필요도 있을 것입니다.

 만화 속 만화라고 해야 할까요? 만화가가 주인공으로 등장했습니다.

 우리는 어려서 명랑만화를 보고 자란 세대죠. 길창덕, 김삼, 윤승운, 박수동, 이정문, 신문수 … 선생님들 존함을 떠올리는 것만으로도 뭔가 뭉클한 마음이 드네요.

 아쉽게도 이제 우리나라에서 만화책의 시대는 저물고 있지 않나 싶습니다. 만화책의 자리는 웹툰으로 세대교체가 되었는데 만화책과 웹툰은 여러 면에서 다른 세상인 것 같습니다. 만화책은 컷과 컷 사이를 사람이 채워 넣는 매체라면, 웹툰은 TV 화면을 보는 것처럼 흘러간다고 할까요?

저는 아직까지 어린이를 대상으로 하는 잡지에 연재만화를 그리고 있는데, 잡지의 자리도 유튜브로 대체되어버린 것은 아닌가 싶을 때가 많습니다. 시대의 흐름 자체를 부인하고 싶지는 않습니다. 제 또래 만화가들 중에는 웹툰에 성공적으로 안착한 이들도 있고, 저도 〈네임펜으로 그린 그림〉이라는 웹툰을 연재했던 경험이 있습니다만 아직은 종이에 인쇄되는 만화가로 생존하는 것도 나쁘지 않다고 생각합니다. 물론 미래에 대한 불안감도 있고, 현실에 대한 불만족도 있지만 말이죠.

 《비빔툰》이 '시즌2'를 내면서 작가님 나름의 고민을 하신 것을 알고 있습니다. 생각보다 책이 잘 알려지지 않아서 섭섭하셨다는?

 섭섭했다기보다는 안타까웠다고 할까요? 우리 《비빔툰》 '시즌2'는 웹툰이나 SNS에 연재를 하지 않고 바로 단행본으로 나오고 있는데, 그래서 잘 알려지지 않는 것인가 하는 생각이 들 때도 있어요. 만화가라면 자기만족을 위해 만화를 그리는 것은 아닐 것이고 좀 더 많은 독자들과 만나고 싶은 마음이니까요.

 《비빔툰》 '시즌2'는 단행본으로 바로 나오고 있는데요, 요즘 이렇게 책이 여러 권 이어지며 꾸준히 나오는 만화책도 흔치 않거든요. 인기 웹툰이라도 단행본이 나오는 일은 쉽지 않고, 한때 유행했던 학습만화도 인기 유튜버들의 2차 시장이 되어버렸으니 말이죠. 많이 알려지지 않는 것은 아쉬운 일이지만, 여전히 《비빔툰》이 이어지고 있다는 것만으로도 의미가 있지 않을까 싶습니다.

때때로《비빔툰》'시즌2'를 보시고는 어떤 장면에서 공감했다고 연락을 주시는 분들이 계십니다. 그럴 때면 만화가로서 뿌듯해진다고 할까요? 예전에 《비빔툰》'시즌1'을 연재할 때도 그랬지만 저는 만화로 사람들을 깨우치고 이끈다는 생각을 하지는 않았습니다. 제게 만화란 사람들과 함께 걸어가며 두런두런 나누는 이야기 같은 거라고 생각합니다.

 모쪼록 작가님의 그 이야기를 오래도록 듣고 싶네요.

 네, 부지런히 걸어보겠습니다.

비빔툰 시즌2

❸ 삶의 모든 순간은 이야기로 남는다

초판 1쇄 발행일 2022년 9월 6일

글 그림 홍승우
글 구성 장익준
펴낸이 박희연
대표 박창흠

펴낸곳 트로이목마
출판신고 2015년 6월 29일 제315-2015-000044호
주소 서울시 강서구 양천로 344, B동 449호(마곡동, 대방디엠시티 1차)
전화번호 070-8724-0701
팩스번호 02-6005-9488
이메일 trojanhorsebook@gmail.com
페이스북 https://www.facebook.com/trojanhorsebook
네이버포스트 http://post.naver.com/spacy24
인쇄 · 제작 ㈜미래상상

(c) 홍승우, 장익준, 저자와 맺은 특약에 따라 검인을 생략합니다.

개별 ISBN 979-11-87440-08-6 (04810)
세트 ISBN 979-11-87440-59-8 (04810)